阅读之前 没有真相

午夜文库

阿加莎·克里斯蒂

赫尔克里·波洛系列

阿加莎·克里斯蒂

Agatha Christie（1890—1976）

无可争议的侦探小说女王，侦探文学史上最伟大的作家之一。

阿加莎·克里斯蒂原名为阿加莎·玛丽·克拉丽莎·米勒，一八九〇年九月十五日生于英国德文郡托基的阿什菲尔德宅邸。她几乎没有接受过正规的教育，但酷爱阅读，尤其痴迷于歇洛克·福尔摩斯的故事。

第一次世界大战期间，阿加莎·克里斯蒂成了一名志愿者。战争结束后，她创作了自己的第一部侦探小说《斯泰尔斯庄园奇案》。几经周折，作品于一九二〇年正式出版，由此开启了克里斯蒂辉煌的创作生涯。一九二六年，《罗杰疑案》由哈珀柯林斯出版公司出版。这部作品一举奠定了阿加莎·克里斯蒂在侦探文学领域不可撼动的地位。之后，她又陆续出版了《东方快车谋杀案》、《ABC 谋杀案》、《尼罗河上的惨案》、《无人生还》、《阳光下的罪恶》等脍炙人口的作品。时至今日，这些作品依然是世界侦探文学宝库里最宝贵的财富。根据她的小说改编而成的舞台剧《捕鼠器》，已经成为世界上公演场次最多的剧目；而在影视改编方面，《东方快车谋杀案》为英格丽·褒曼斩获奥斯卡大奖，《尼罗河上的惨案》更是成为几代人心目中的经典。

阿加莎·克里斯蒂的创作生涯持续了五十余年，总共创作了八十余部侦探小说。她的作品畅销全世界一百多个国家和地区，累计销量已经突破二十亿册。她创造的小胡子侦探波洛和老处女侦探马普尔小姐为读者津津乐道。阿加莎·克里斯蒂是柯南·道尔之后最伟大的侦探小说作家，是侦探文学黄金时代的开创者和集大成者。一九七一年，英国女王授予克里斯蒂爵士称号，以表彰其不朽的贡献。

一九七六年一月十二日，阿加莎·克里斯蒂逝世于英国牛津郡沃灵福德家中，被安葬于牛津郡的圣玛丽教堂墓园，享年八十五岁。

波洛系列

1920 The Mysterious Affair at Styles《斯泰尔斯庄园奇案》

1923 Murder on the Links《高尔夫球场命案》

1924 Poirot Investigates《首相绑架案》

1926 The Murder of Roger Ackroyd《罗杰疑案》

1927 The Big Four《四巨头》

1928 The Mystery of the Blue Train《蓝色列车之谜》

1932 Peril at End House《悬崖山庄奇案》

1933 Lord Edgware Dies《人性记录》

1934 Murder on the Orient Express《东方快车谋杀案》

1935 Three—Act Tragedy《三幕悲剧》

1935 Death in the Clouds《云中命案》

1936 The ABC Murders《ABC 谋杀案》

1936 Murder in Mesopotamia《古墓之谜》

1936 Cards on the Table《底牌》

1937 Dumb Witness《沉默的证人》

1937 Death on the Nile《尼罗河上的惨案》

1937 Murder in the Mews《幽巷谋杀案》

1938 Appointment with Death《死亡约会》

1938 Hercule Poirot′s Christmas《波洛圣诞探案记》

1940 Sad Cypress《H 庄园的午餐》

1940 One, Two, Buckle My Shoe《牙医谋杀案》

1941 Evil Under the Sun《阳光下的罪恶》

1943 Five Little Pigs《五只小猪》

1946 The Hollow《空幻之屋》

1947 The Labours of Hercules《赫尔克里·波洛的丰功伟绩》

1948 Taken at the Flood《致命遗产》

1952 Mrs. McGinty′s Dead《清洁女工之死》

1953 After the Funeral《葬礼之后》

1955 Hickory Dickory Dock《山核桃大街谋杀案》

1956 Dead Man′s Folly《弄假成真》

1959 Cat Among the Pigeons《鸽群中的猫》

1960 The Adventure of the Christmas Pudding《雪地上的女尸》

1963 The Clocks《怪钟疑案》
1966 Third Girl《第三个女郎》
1969 Hallowe′ en Party《万圣节前夜的谋杀》
1972 Elephants Can Remember《大象的证词》
1974 Poirot′ s Early Stories《蒙面女人》
1975 Curtain—Poirot′s Last Case《帷幕》

马普尔小姐系列

1930 The Murder at the Vicarage《寓所谜案》
1932 The Thirteen Problems《死亡草》
1942 The Body in the Library《藏书室女尸之谜》
1943 The Moving Finger《魔手》
1950 A Murder Is Announced《谋杀启事》
1952 They Do It with Mirrors《借镜杀人》
1953 A Pocket Full of Rye《黑麦奇案》
1957 4.50 from Paddington《命案目睹记》
1962 The Mirror Crack′ s from Side to side《破镜谋杀案》
1964 A Caribbean Mystery《加勒比海之谜》
1965 At Bertram′ s Hotel《伯特伦旅馆》
1971 Nemesis《复仇女神》
1976 Sleeping Murder《沉睡谋杀案》
1979 Miss Marple′s Final Cases《马普尔小姐最后的案件》

其他系列及非系列

1922 The Secret Adversary《暗藏杀机》
1924 The Man in the Brown Suit《褐衣男子》
1925 The Secret of Chimneys《烟囱别墅之谜》
1929 Partners in Crime《犯罪团伙》
1929 The Seven Dials Mystery《七面钟之谜》
1930 The Mysterious Mr. Quin《神秘的奎因先生》
1931 The Sittaford Mystery《斯塔福特疑案》
1933 The Hound of Death《控方证人》
1934 Why Didn′ t They Ask Evans?《悬崖上的谋杀》
1934 The Listerdale Mystery《金色的机遇》

1934 Parker Pyne Investigates《惊险的浪漫》
1939 Murder Is Easy《逆我者亡》
1939 And Then There Were None《无人生还》
1941 N or M?《桑苏西来客》
1944 Towards Zero《零点》
1945 Sparkling Cyanide《闪光的氰化物》
1945 Death Comes as the End《死亡终局》
1949 Crooked House《怪屋》
1950 Three Blind Mice and Other Stories《三只瞎老鼠》
1951 They Came to Baghdad《他们来到巴格达》
1954 Destination Unknown《地狱之旅》
1958 Ordeal by Innocence《奉命谋杀》
1961 The Pale Horse《灰马酒店》
1967 Endless Night《长夜》
1968 By the Pricking of My Thumbs《煦阳岭的疑云》
1970 Passenger to Frankfurt《天涯过客》
1973 Postern of Fate《命运之门》
1991 Problem at Pollensa Bay《神秘的第三者》
1997 While the Light Lasts《灯火阑珊》

出版前言

纵观世界侦探文学一百七十余年的历史，如果说有谁已经超脱了这一类型文学的类型化束缚，恐怕我们只能想起两个名字——一个是虚构的人物歇洛克·福尔摩斯，而另一个便是真实的作家阿加莎·克里斯蒂。

阿加莎·克里斯蒂以她个人独特的魅力创造着侦探文学史上无数的传奇：她的创作生涯长达五十余年，一生撰写了八十余部侦探小说；她开创了侦探小说史上最著名的“黄金时代”；她让阅读从贵族走入家庭，渗透到每个人的生活中；她的作品被翻译成一百多种文字，畅销全球一百五十余个国家，作品销量与《圣经》《莎士比亚戏剧集》同列世界畅销书前三名；她的《罗杰疑案》《无人生还》《东方快车谋杀案》《尼罗河上的惨案》都是侦探小说史上的经典；她是侦探小说女王，因在侦探小说领域的独特贡献而被册封为爵士；她是侦探小说的符号和象征。她本身就是传奇。沏一杯红茶，配一张躺椅，在暖暖的阳光下读阿加莎的小说是一种生活方式，是惬意的享受，也是一种态度。

午夜文库成立之初就试图引进阿加莎的作品，但几次都与版权擦肩而过。随着午夜文库的专业化和影响力日益增强，阿加莎·克里斯蒂的版权继承人和哈珀柯林斯出版公司主动要求将版权独家授予新星出版社，并将阿加莎系列侦探小说并入午夜文库。这是对我们长期以来执着于侦探小说出版的褒奖，是对我们的信任与鼓励，更是一种压力和责任。

新版阿加莎·克里斯蒂作品由专业的侦探小说翻译家以最权威的英文版本为底本，全新翻译，并加入双语作品年表和阿加莎·克里斯蒂家族独家授权的照片、手稿等资料，力求全景展现“侦探女王”的风采与魅力。使读者不仅欣赏到作家的巧妙构思、离奇桥段和睿智语言，而且能体味到浓郁的英伦风情。

阿加莎作品的出版是一项系统工程，规模庞大，我们将努力使之臻于完美。或存在疏漏之处，欢迎方家指正。

新星出版社

午夜文库编辑部

Over the next few years, we plan to celebrate two very important Agatha Christie anniversaries. In 2015, it is the 125th anniversary of her birth in Torquay, South Devon, England, and in 2020 it will be 100 years after her first book, THE MYSTERIOUS AFFAIR AT STYLES, featuring her famous detective, Hercule Poirot, was published. This is therefore a very appropriate moment to publish a new edition of her works, and I am delighted that HarperCollins has chosen to work with New Star on these new editions. New Star is China's top crime publisher, and has a strong and dedicated editorial staff and a confirmed passion for Agatha Christie, making them the ideal partner. It is the right time to make these classic books available in modern translations and so to bring Agatha Christie's books anew to her many fans in China, giving them a new reason to re-read these much-loved stories, as well as introducing them to a whole new audience. How delighted Agatha Christie would have been that her stories (as she called them) are still giving so much pleasure to so many people all over the world!

I think there are two very remarkable things about Agatha Christie's stories. The first is that they are so adaptable. It doesn't really matter which language they appear in, the stories and the plots still give the same thrill, still provide the same puzzles, and the characters still have the same attraction. Readers in China will I am sure enjoy Hercule Poirot and Miss Marple just as much as we do in England, and readers in China will still be transfixed by the surprises and horrors of AND THEN THERE WERE NONE, one of the great classics of 20th century detective fiction, as we are here.

Agatha Christie

The second is that the stories give a wonderful picture of England, particularly rural England, at the time Agatha Christie lived. She wrote books from 1920 until 1970 but it is sometimes hard to tell which part of her life each book was written in. Her characters and the life they lived were very much the same. The life we all live is changing very quickly these days but "the Agatha Christie world stays the same." Perhaps the Miss Marple stories provide the best example of this, and in some ways, THE BODY IN THE LIBRARY and NEMESIS are quite similar, despite the fact that thirty years elapsed between the time they were written.

Perhaps I might end by mentioning three Agatha Christies (other than the ones mentioned above) which I think demonstrate why she is so popular, even in the twenty-first century. The first is MURDER ON THE ORIENT EXPRESS, one of the most famous with one of the most ingenious and human plots. Read this on one of your long train journeys in China! Next is A MURDER IS ANNOUNCED, a Miss Marple which was her 50th book. It has my favourite murderer in it! And last is ENDLESS NIGHT a story about evil and how it affects three young people, written at the time when I knew her best, and understood how deeply she cared and sympathised with young people and the world they lived in.

Whichever are *your* favourites I hope you enjoy these stories that New Star are introducing to you again. I think it is a great publishing event.

Mathew Prichard

Grandson of Agatha Christie

Chairman of Agatha Christie Ltd

致中国读者

（午夜文库版阿加莎·克里斯蒂作品集序）

在未来的几年中，我们将筹备两个非常重要的关于阿加莎·克里斯蒂的纪念日。二〇一五年是她的一百二十五岁生日——她于一八九〇年出生于英国的托基市；二〇二〇年则是她的处女作《斯泰尔斯庄园奇案》问世一百周年的日子，她笔下最著名的侦探赫尔克里·波洛就是在这本书中首次登场。因此新星出版社为中国读者们推出全新版本的克里斯蒂作品恰逢其时，而且我很高兴哈珀柯林斯选择了新星来出版这一全新版本。新星出版社是中国最好的侦探小说出版机构，拥有强大而且专业的编辑团队，并且对阿加莎·克里斯蒂的作品极有热情，这使得他们成为我们最理想的合作伙伴。如今正是一个良机，可以将这些经典作品重新翻译为更现代、更权威的版本，带给她的中国书迷，让大家有理由重温这些备受喜爱的故事，同时也可以将它们介绍给新的读者。如果阿加莎·克里斯蒂知道她的小故事们（她这样称呼自己的这些作品）仍然能给世界上这么多人带来如此巨大的阅读享受，该有多么高兴啊！

我认为阿加莎·克里斯蒂的作品有两个非常重要的特征。

首先它们是非常易于理解的。无论以哪种语言呈现，故事和情节都同样惊险刺激，呈现给读者的谜团都同样精彩，而书中人物的魅力也丝毫不受影响。我完全可以肯定，中国的读者能够像我们英国人一样充分享受赫尔克里·波洛和马普尔小姐带来的乐趣；中国读者也会和我们一样，读到二十世纪最伟大的侦探经典作品——比如《无人生还》——的时候，被震惊和恐惧牢牢钉在原地。

第二个特征是这些故事给我们展开了一幅英格兰的精彩画卷，特别是阿加莎·克里斯蒂那个年代的英国乡村。她的作品写于上世纪二十年代至七十年代间，不过有时候很难说清楚每一本书是在她人生中的哪一段日子里写下的。她笔下的人物，以及他们的生活，多多少少都有些相似。如今，我们的生活瞬息万变，但“阿加莎·克里斯蒂的世界”依旧永恒。也许马普尔小姐的故事提供了最好的范例：《藏书室女尸之谜》与《复仇女神》看起来颇为相似，但实际上它们的创作年代竟然相差了三十年。

最后，我想提三本书，在我心目中（除了上面提过的几本之外）这几本最能说明克里斯蒂为什么能够一直受到大家的喜爱。首先是《东方快车谋杀案》，最著名，也是最机智巧妙、最有人性的一本。当你在中国乘火车长途旅行时，不妨拿出来读读吧！第二本是《谋杀启事》，一个马普尔小姐系列的故事，也是克里斯蒂的第五十本著作。这本书里的诡计是我个人最喜欢的。最后是《长夜》，一个关于邪恶如何影响三个年轻人生活的故事。这本书的写作时间正是我最了解她的时候。我能体会到她对年轻人以及他们生活的世界关心至深。

现在新星出版社重新将这些故事奉献给了读者。无论你最爱的是哪一本，我都希望你能感受到这份快乐。我相信这是出版界的一件盛事。

阿加莎·克里斯蒂外孙

阿加莎·克里斯蒂有限责任公司董事长

马修·普理查德

二〇一三年二月二十日

阿加莎·克里斯蒂侦探作品集㉒

阳光下的罪恶

Evil Under the Sun

Agatha Christie®

[英]阿加莎·克里斯蒂 著
于婉青 译

新 星 出 版 社 NEW STAR PRESS

献给约翰

纪念我们在叙利亚度过的上一个考古季

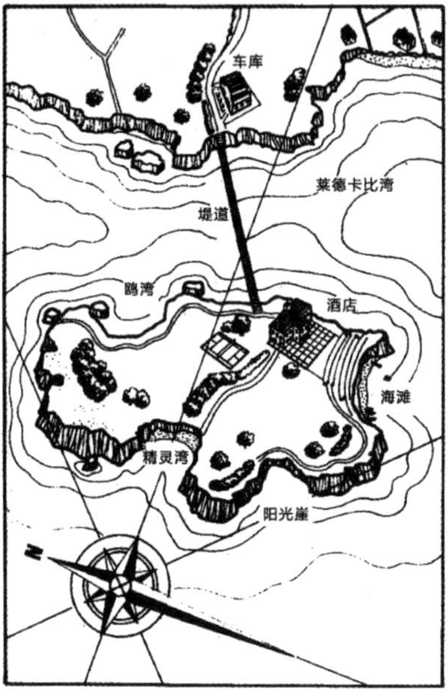

海盗旗酒店周边示意图

第一章

一七八二年，罗杰·昂姆林船长在莱德卡比湾外的小岛上给自己建房的时候，大家都觉得这人真怪。像他这样身家富有的人，应该住一幢高雅坚固的豪华大宅，周边绿草茵茵——似乎还应该配上流水潺潺的小溪和广袤无边的牧场。

可是昂姆林船长心中最爱的是大海，所以他把自己的房子建在一个海角上——当然，它必须建得非常坚固，因为这里有海风吹袭，海鸥翱翔，每次潮水上涨，这里就会和陆地隔开。

他没有娶妻，大海就是他的妻子，自始至终如此。他死后，这座房子和小岛由他一个远亲继承。这位先生和他的后代很少想到这份遗产，他们自己的地越来越少，他们的后裔也越来越穷。

转眼到了一九二二年，去海边度假开始风行一时，人们也开始觉得从狄文到康威尔一带的海边在夏天其实并不那么炎热。亚瑟·昂姆林发现自己那栋乔治王朝风格的房子太过空旷，而且很不好卖，可是当年以航海为生的罗杰船长遗赠的那块小产业却一直盈利。

于是，他改建了那栋坚固的房子，增添了一些设施，又在小岛与陆地间修了条水泥堤道；岛上铺建了四通八达的小路和栈道，开辟了两个网球场，还有大露台，露台下去就是一个小海湾，小湾里漂着小筏子，并设了跳水台。一切就绪之后，海盗旗旅馆在莱德卡比湾的海盗岛上隆重登场。从六月到九月（再加上复活节前后的短短假期），海盗旗旅馆一直住客常满，连阁楼都住了人。一九三四年，海盗旗旅馆又进行了一次扩建和装修，增加了鸡尾酒吧，加盖了更大的餐厅和几间浴室，房费也随之上涨。

人们口口相传："去过莱德卡比湾吗？那里有个海盗旗旅馆特别好。就在一个小岛上，环境很舒服，没有一日游的观光客和吵吵闹闹的游览车。那里的饭菜也不错，真该去玩玩。"这种口碑还真招来了不少客人。

现在海盗旗旅馆里住进了一个很重要的人物（至少他自己认为如此），赫尔克里·波洛。他穿着一身醒目的白西装，巴拿马草帽一直压低到眼睛上，留着两撇精心修理过的髭须。他倚靠在款式新颖的海滩椅上，观望着周围海滨浴场的情景。旅馆的阶梯可以直通海滩，海面上漂着浮筒、帆布橡皮艇、各种球和橡皮玩具，还可以看到一条长长的跳板，距岸边或远或近地搭建着三座水上浮台。

那些在海边休闲的客人，有些在水里畅游，有些伸展四肢躺在沙滩上晒太阳，还有些在仔细地涂着防晒油。

不打算下水的客人闲坐在大露台上，俯瞰着海滩，随意地聊着天。他们随意谈论着天气、眼前的海景、早报上的新闻，以及其他想得起来的话题。

在波洛左边，有人一直在滔滔不绝地说话，声音既呆板又无趣，那是加德纳太太。她嘴里忙着说话，手里也不闲着，不停地编织毛线。旁边是她的丈夫奥德尔·加德纳，他躺在帆布椅上，帽子扣在脸上，偶尔蹦出几个字，应付一下妻子。

波洛的右边坐着布鲁斯特小姐，她看起来像个运动健将。她头发花白，有一张饱经风霜却很可爱的脸，发表意见的时候则不太客气。她对加德纳太太说话的方式，听起来就像牧羊犬用短促的吼声打断了一只德国小狗不停的吠叫。加德纳太太正在说："所以我就对加德纳先生解释，说我为什么要这样。我对他说，四处观光当然很好，我也愿意细细观赏某个地方。可是，不管怎么说，我们已经游览了英国各地，我现在只想去一个安静的海边，轻轻松松地待着。我是这样说的吧，是不是？奥德尔？轻轻松松地待着。我就是这么说的，对不对，奥德尔？我觉得我要的就是轻轻松松地待着。我是不是这么说的，奥德尔？"

加德纳先生在他帽子底下嘟囔了一声："是的，亲爱的。”

加德纳太太再接再厉。“所以，我在库克旅行社跟凯尔索先生提起此事——我们的旅程都是这位先生替我们安排的，他在各个方面都帮了我们大忙，要是没有他，真不知道我们该怎么安排这些旅行事务！——呃，我刚才说到，我跟凯尔索先生说了我的想法，他就向我们推荐这个地方，说没有哪儿比这个地方更符合我们的需求了。他告诉我说，这地方风景如画，远离人群，无论从哪个角度来说，都非常舒服，而且非常独特。呃，加德纳先生当然也要发表意见的，他的关注点是这里的卫生设施怎么样，那是因为——说出来你可能都不信，波洛先生，加德纳先生有个妹妹曾经住过一家酒店，人家告诉她说那是个很高级的地方，在一个禁猎区沼泽地的中心地带。你信不信，那里居然只在露天搭了间小棚子当厕所！就是那种挖个坑、撒点土就可以的厕所。所以加德纳先生当然会对这些与世隔绝的地方产生怀疑了，我说得是不是，奥德尔？”

“啊？是的，亲爱的。”加德纳先生说。

“可是凯尔索先生马上向我们保证，让我们只管放心。他说，这里的卫生设施绝对是最新款，饭菜水平也是一流。他说得一点儿不错。我最喜欢的就是，这里给人一种‘亲近感’，你知道我什么意思吧。在这种小地方，我们很容易就能聚在一起聊聊天，大家彼此都很熟。

“要说英国人也有什么小毛病的话，那就是他们在与你熟悉起来之前，总喜欢和你拉开一些距离，一定要先与你冷冷淡淡地交往一两年，之后才开始友好起来，而且比谁都要友好。凯尔索先生说这里有很多不同凡响的人士，我觉得他说得对。比方说波洛先生你，还有达恩利小姐。哦，我知道你是什么人之后，高兴极了，你说是不是，奥德尔？”

“是的，亲爱的。”

“哈！”布鲁斯特小姐实在憋不住了，插嘴说，“可真是大惊喜啊，波洛先生？”

赫尔克里·波洛抬抬手表示异议，这只不过是出于礼貌，完全不影响加德纳太太继续旁若无人地叨叨下去。

“你知道吧，波洛先生，我从科妮丽亚·罗布森那里听说过很多关于你的事，她是……加德纳先生和我五月份在巴顿霍夫遇到她，当然科妮丽亚把埃及那个案子的事全都跟我们讲了[1]，就是琳内特·里奇卫被谋杀的案子。她说你太伟大了。我一直就巴望着见到你，是不是，奥德尔？”

“是的，亲爱的。”

“我也巴望着能见到达恩利小姐。我喜欢在罗斯蒙德店里买东西，毫无疑问，她就是罗斯蒙德的老板，是不是？我觉得她真会穿衣服，搭配得多好，显得身材特别好。我昨天晚上穿的那套衣服就是在她家店里买的。我觉

①指《尼罗河上的惨案》。

得，不管从哪个方面来看，她都是个可爱的女人。”

坐在布鲁斯特小姐另一边的巴里少校一直肆无忌惮地盯着那些泳装美女，这时他咕哝了一声说：“看起来倒是个高雅的女人。”

加德纳太太一边忙着手中的毛线活计，一边继续喋喋不休。“说句实话，波洛先生，见到你在这里还真让我产生了某种想法——不是说见到你不激动，因为我的确很激动，加德纳先生是知道的——可是我还是不由自主地想到，你之所以会出现在这里，呃，怕是有职业方面的原因，你明白我的意思吧？哎呀，我这个人就是过于敏感，加德纳先生会告诉你我有多么敏感，如果被牵扯到什么罪案里去，我可受不了。你知道——”

加德纳先生清了一下嗓子，说道：“你知道，波洛先生，加德纳太太是很敏感的。”

赫尔克里·波洛在空中一挥手。“那你就放宽心吧，夫人，我到此地的目的和你们的目的完全一样——来放松放松，度个假。我根本就没想过破案的事。”

布鲁斯特小姐又生硬地插进一句：“在海盗岛上可没有尸体。”

赫尔克里·波洛说：“啊，这倒不见得。”他指指下面的海滩说，“看看他们，成排地躺在那里，看上去像什么呢？像男人和女人吗？他们看起来完全没有个性，只不过是一些——人体而已[①]！”

巴里少校语带欣赏地说：“看起来还不错，有些妞儿还挺漂亮呢，不过有些偏瘦。”

波洛大声说：“是不错，可那有什么意思？还有什么神秘性可言？对我来说，我年纪大了，受的是老式教育。我年轻的时候，能看到女人的足踝，瞥到一眼有花边的衬裙，就很不错了，可那是多么诱人啊！小腿柔和的曲线——膝盖——吊袜带——”

“真淘气，真淘气！”巴里少校哑着嗓子说。

“现在我们穿的衣服——要朴素实用得多。”布鲁斯特小姐说。

“哎，不错，波洛先生，”加德纳太太说，“在我看来，你知道的，现在的男孩子和女孩子的生活方式要自然而健康得多。他们在一起也是很随心所欲的，他们——呃，他们——”加德纳太太脸微微一红，因为她是个很正派的女士，“他们觉得这很正常，没什么大不了的，你们明白我的意思吧？”

“我当然明白，”波洛说，“不过这实在不怎么样。”

“不怎么样？”加德纳太太诧异地问道。

“哪里还有什么浪漫情调——也失去了那种神秘意味！所有事情都那么按部就班，没有新意！”他朝底下那一排

①在英文中，尸体和人体均可以用 body 表示。

排躺着的人体挥了挥手，“这让我想起了巴黎的停尸间，太像了。”

“波洛先生！”加德纳太太很气愤。

“人的身体——这么摆成一排排的——就像屠夫砧板上的肉！”

“可是波洛先生，你这么说太耸人听闻了吧？”

赫尔克里·波洛承认：“可能吧，是有些过分。”

“不管怎么说，”加德纳太太编织得越发起劲，“有一点我跟你看法一致。像这么躺在阳光下的女孩子，手上和腿上都会长出毛来的。我就跟艾琳这么说过——她是我女儿，波洛先生——我说，艾琳，要是像那样躺在太阳底下晒着的话，你全身都会长毛的。你的手上会长毛，你的腿上会长毛，你的胸脯上也会长毛，那你成什么样子了？我就是这样跟她说的，是不是，奥德尔？”

“是的，亲爱的。”加德纳先生说。

所有人都不再说话，大概心里都在揣摩着如果艾琳浑身上下都长毛会是什么样子。加德纳太太把她的编织物卷起来，说道：“现在我想——”

“怎么，亲爱的？”加德纳先生说。他费劲地由躺椅上站起身，接过加德纳太太的编织物和书本，接着问了一句，“要不要和我们一起去喝一杯？布鲁斯特小姐？”

“现在不了，谢谢。”

加德纳夫妇向旅馆走去。布鲁斯特小姐说：“美国丈夫还真是不错。”

斯蒂芬·兰恩牧师在加德纳太太空出来的椅子上坐下来。兰恩先生五十多岁，身材高大，精力充沛，脸晒得黑黑的，身穿深灰色的法兰绒长裤，一派度假风度，颇为引人侧目。他热情洋溢地说：“真是个绝妙的好地方，我从莱德卡比湾一直溜达到哈福德，从悬崖上走回来的。”

“今天散步可够热的。”巴里少校说。他从来不散步。

“很好的运动方式。”布鲁斯特小姐说，“我今天还没划船呢。再没有比划船更能锻炼腹部肌肉的运动了。”赫尔克里·波洛不禁懊恼地瞧了瞧自己肚子上的赘肉。布鲁斯特小姐注意到他的眼神，善意地说：“波洛先生，要是你每天划一次船，肚子很快就会瘦下去的。”

“谢谢你，小姐，我不喜欢船。”

“你是说小船？”

“大船小船都一样！”他闭上眼睛，哆嗦了一下，“在海上摇摇晃晃的，实在难受。”

“老天保佑，今天海上风平浪静，像个池塘似的。”

波洛不容置疑地回答道：“天底下哪里有真正风平浪静的海洋？总会有浪，总是会有浪的。”

“要是你问我的意见，”巴里少校说，“晕船的人十有八九是由于心理作用。”

“这话，”那个牧师略带笑意地说，“是惯常跑海的人说的——是吧，少校？”

“我只晕过一次船——还是在横渡英法海峡的时候。置之不理，那就是我的对策。”

“晕船这事确实奇怪。”布鲁斯特小姐若有所思地说，“为什么有的人会晕，有的人不会呢？这多不公平啊，而且这和一个人平时的健康状况又一点关系都没有，有些病人反倒不晕船。有人告诉我说，这事跟一个人的脊椎有关。同样的情形还有恐高症。我在这方面就不怎么样，不过雷德芬太太恐高比我还严重。前几天，在到哈福德去的那条崖顶小路上，她头晕目眩得一塌糊涂，紧紧抓着我不放。她告诉我说，有一回，她从米兰天主教堂外面的阶梯上往下走时，走到一半就不行了，弄得进退两难。当初往上爬时根本没想到这回事，下来的时候可把她搞惨了。”

“那她最好别去走精灵湾那边的阶梯，那可陡得很。”兰恩说。

布鲁斯特小姐做了个鬼脸。“我自己都不敢去，那比较适合年轻人。考恩家那几个男孩子，还有马斯特曼家的孩子，他们乐此不疲地跑上跑下，开心得不得了。”

兰恩说：“雷德芬太太过来了，她刚游过泳。”

布鲁斯特小姐说：“波洛先生应该会欣赏她的，她也不喜欢晒太阳。”

年轻的雷德芬太太摘下橡皮泳帽，抖散头发。她一头浅金色的头发，肤色苍白，与发色倒是很般配，腿和胳膊也都很白皙。巴里少校干笑了一声道："跟那些人比起来，她像是有些没烤熟，对不对？"

克莉丝汀·雷德芬披着长长的浴袍，从海滩拾阶而上，朝他们这边走来。她面容端庄，却有点凄美的感觉，手脚都很纤细。她朝他们笑笑，在他们旁边坐下，把身上的浴袍裹得更紧了些。布鲁斯特小姐说："你很得波洛先生的赞赏呢。他不喜欢那些晒日光浴的人，说他们就像是屠夫砧板上的肉，或是那类的什么东西。"

克莉丝汀·雷德芬却露出懊恼的笑容。"我倒真希望能晒日光浴，可是我的皮肤不会晒成棕色，只会晒得发红，然后整个手臂上都会晒出可怕的疹子。"

"总比加德纳太太的艾琳手臂上晒出汗毛好些。"布鲁斯特小姐说。她看到克莉丝汀询问的眼光，就继续说："加德纳太太今天上午一直精神抖擞，那张嘴简直就没消停过。'是不是呀？奥德尔？''是的，亲爱的。'"她停了一下，接着说道，"不过，波洛先生，我倒希望你小小地戏弄她一下，干吗不呢？你干吗不告诉她说，你是特意来此调查一件可怕的谋杀案，那个凶手是个变态杀人狂，已经确认正住在这个旅馆里？"

赫尔克里·波洛叹了口气，他说："恐怕她真会相信我的话。"

巴里少校咯咯一笑："她肯定相信。"

艾米丽·布鲁斯特说："不会吧，即使像加德纳太太那样的人，我也不认为她会相信在这样一个地方会出现谋杀案。这里就不是那种会出现尸体的地方。"

赫尔克里·波洛在椅子上动了动身体，反对道："为什么不会，小姐？为什么在海盗岛这种地方就不会出现你所谓的'尸体'呢？"

布鲁斯特小姐说："我也不知道为什么，只是觉得有些地方就是比其他地方更不可能发生谋杀案，这种地方就不是那种会……"她说不下去了，好像找不到合适的词来表达自己的意思。

"这里很有浪漫情调。"赫尔克里·波洛表示同意，"这里很宁静，阳光灿烂，海水湛蓝。但你忘了，布鲁斯特小姐，日光之下，尽是邪恶。"

那位牧师在椅子上动了一下，向前欠了欠身，蓝色的眼睛饶有兴趣地闪闪发亮。布鲁斯特小姐耸了下肩膀。"哦！我当然明白这一点，可是无论怎样——"

"可是无论怎样，你还是觉得这里不像是个会发生罪案的地方？你忘了一件事，小姐。"

"你说的是人性吧，我想？"

"是有人性的因素，总是离不开人性的因素。不过我要说的并非人性。我要向你指出的是，到这里来的每一个人都是来度假的。"

艾米丽·布鲁斯特惊愕地看着他。"那我就不懂了。"

赫尔克里·波洛慈祥地对她笑了笑，做了个强调的手势。“这样说吧，假设你有个敌人，要是你到他的住处，他的办公室，或是在街上找他——你总得有个理由吧？总得说清楚自己打算干什么吧？可是在海边，就不必费这种事。你来到莱德卡比湾，为什么呢？那还用说吗，现在是八月份——八月份大家都要去海边，去度假。所以你看，你在这里，兰恩先生在这里，巴里少校在这里，雷德芬太太和她先生在这里，全都是很自然的事，因为英国人在八月份到海滨来，已经蔚然成风，司空见惯了。”

“嗯，”布鲁斯特小姐承认，“这个想法的确很精辟。可是加德纳夫妇呢？他们可是美国人。”

波洛微微一笑。“即使加德纳太太也觉得需要找个地方放松放松，就像她告诉我们的那样。而且，既然是在英国‘游玩’，她总得在海滨过一两夜吧——哪怕没有其他的意图，只是为了表明自己是个很有层次的观光客。她很喜欢观察别人。”

雷德芬太太小声说：“我想，你也喜欢观察别人吧。”

“夫人，坦白地说，我的确如此。”

她若有所思地说：“你看到了——不少东西。”

大家沉默了一阵，斯蒂芬·兰恩清了下嗓子，有点不自在地说：“波洛先生，我觉得你刚才说的那些话很有意思。你说太阳底下到处都有邪恶的事发生，听起来像是引用了《传道书》上的话。”他停顿一下，然后引了那几句话说，“‘是的，人之子的心里，也充满了邪恶，只要活着，他们的心里就充满了疯狂。’”他的脸上焕发着近乎狂热的光彩，“我很高兴听你这么说。现在没人相信有邪恶之事，充其量也只把它当作善的一个反义词而已。大家都说，罪恶是一些没脑子的人犯下的——那是些未开化的人，这些人更值得同情，而不应该一味责备。可是，波洛先生，邪恶是真实的！确有其事！我相信有恶，正如同我相信有善一般！那的确存在！强而有力！横行世界！”他停了下来，急促地喘息着，用手帕擦了擦前额，突然满脸歉意，“对不起，我扯远了。”

波洛冷静地说：“我明白你的意思，在某种程度上，我也同意你的意见，邪恶的确横行于世，人们能够认识到这一点。”

巴里少校清了清嗓子。“说到这种事，当年在印度的时候——”

巴里少校在海盗旗旅馆已经住了很长时间，以至于身边每个人对他都有提防之心，对他动辄就开始滔滔不绝述说当年在印度的故事这一习惯，大家都随时准备打断他。此刻，布鲁斯特小姐和雷德芬太太就忽然同时开口说起话来。

“那边是你先生游过来了吧，雷德芬太太？他游起来真有力，实在是个游泳好手。”

雷德芬太太则叫道：“快看！那条小船好可爱啊，扬着红帆，是布拉特先生的船吧？对不对？”一条扬着红帆的船正横过海湾的尽头。

巴里少校咕噜道：“想入非非，用红色船帆。”不过他重温当年故事的企图就此作罢。

赫尔克里·波洛带着欣赏的表情看着刚刚从水里上岸的年轻男人。帕特里克·雷德芬的确是很好的人类范本，结实的古铜色肌肤，宽肩窄腰，浑身充满并散发着一派寻欢作乐的气息——一种与生俱来的单纯，使他能得到所有女性和大部分男性的喜爱。他站在那里抖着身上的水，一面开心地挥手和他太太打招呼。她也回应着挥了挥手，叫道：“到这边来，派特[①]。”

“就来。”

他先朝海滩那头走去，准备去拿放在那里的毛巾。就在这时，一个女人从旅馆那边经过他们面前向海滩走去。她的到来如同名角登场，而且，她走路的姿态仿佛对此心知肚明。她旁若无人地款款走着，好像早已习惯她的出场引起的热烈关注。她身材高而窈窕，穿着式样简单的白色露背泳装，袒露出来的每一寸肌肤都是浅古铜色，晒得十分均匀漂亮。她如雕像般完美，红色的头发浓密卷曲，垂

①帕特里克的昵称。

落颈际。她脸上有着三十岁上下的女人常有的那种冷淡，给人的感觉却很年轻——活力四射，春风得意。她像中国人那样不动声色地走着，深蓝色的眼睛微微向上斜视，头上戴了一顶中国式的翠绿色硬纸帽。这种特殊的风韵，使得海滩上所有其他女人都黯然失色，相形见绌。毋庸讳言，所有在场的男人都将视线投注在她身上，无一例外。

赫尔克里·波洛睁开眼睛，他的小胡子赞赏地微微颤动着。巴里少校坐起身，两只凸出的眼睛因为兴奋瞪得更大。在波洛左边的斯蒂芬·兰恩牧师嗞嗞作响地倒吸了一口气，整个身子都僵直了。

巴里少校的哑嗓喃喃道："艾莲娜·斯图尔特（那是在她嫁给马歇尔之前的名字）——我在她退出舞台之前看过她主演的《送往迎来》，真是值得一看，是吧？"

克莉丝汀·雷德芬冷冰冰地慢慢说道："她倒是很健美——不错，但我觉得她看起来更像是一只野兽！"

艾米丽·布鲁斯特突然说："波洛先生，你刚才谈到邪恶，现在，在我看来，那个女人就是邪恶的化身！她实在是一个坏透了的女人，我刚好很了解她。"

巴里少校回想着说道："我记得在印度西姆拉有个女孩子，也是红头发，是个尉官的妻子。她在那里是不是能一鸣惊人？我得说，正是如此！男人都被她弄疯了。当然啦，所有女人都恨不得把她的眼珠抠出来！不止一个家庭被她搞得鸡犬不宁。"他轻轻笑了起来，"她丈夫是个很好、很安静的家伙，对她崇拜得五体投地，恨不得亲吻她脚下的尘土，对发生的事从来就置若罔闻，或者装得置若罔闻。”

斯蒂芬·兰恩情绪激动地小声说道：“这种女人就是个祸害——会威胁到——”他不再说下去。

艾莲娜·斯图尔特已经走到水边，两个比小男孩大不了多少的年轻人跳起来，急忙向她跑去。她停下脚步，对他们微微一笑，目光却越过他们，望向正沿海滩走来的帕特里克·雷德芬。

赫尔克里·波洛觉得自己就像是在望着罗盘上的指针。帕特里克·雷德芬受到了她的磁力影响，脚步随之改变了方向。罗盘的指针是不管怎样都会服从磁力定律转向北方的。帕特里克的脚将他带到了艾莲娜·斯图尔特身边。

她站在那里对他微笑，然后沿着水边慢慢地朝海滩那头走去。帕特里克·雷德芬与她并肩而行。她在一块大石头边伸展开身体，雷德芬也在她身边的鹅卵石上坐下来。

克莉丝汀·雷德芬突然站起身，走进旅馆。

她离开之后，大家沉默了一会儿，气氛有些尴尬。然后艾米丽·布鲁斯特开口说：“真是够糟的！她是个很不错的小家伙，他们结婚才一两年呢。”

“我刚才说起的那个女孩子，”巴里少校说，“就是在印度西姆拉的那个，她拆散了好几对美满的夫妻，真是可惜。你说什么？”

“有一种女人，”布鲁斯特小姐说，“就喜欢破坏别人的家庭。”她停了一两分钟，又说了句，“帕特里克·雷德芬就是个傻瓜。”

赫尔克里·波洛一句话也没说。他望着下面的海滩，可并没有去看帕特里克·雷德芬和艾莲娜·斯图尔特。

布鲁斯特小姐说：“呃，我还是先走一步去划船吧。”说完，她便起身离开了这堆人。

巴里少校把他那双煮熟的醋栗一般的眼睛转过来，好奇地望着波洛。

“哎，波洛，”他说，“你在想什么？你都没开过口。你觉得这个女妖精怎么样？够热辣的吧？”

波洛说：“算是吧。”

“得啦，你这老家伙，我很清楚你们法国人在想什么。”

波洛冷冷地说：“我不是法国人。”

“好吧，可是别骗我说你从来不看漂亮女人！你觉得她怎么样，呃？”

赫尔克里·波洛说：“她不年轻了。”

“这有什么关系？女人的年龄是靠外表决定的！她看起来不错！”

赫尔克里·波洛点了点头，说："不错，她是很漂亮，可是归根结底，重要的并不是美貌。让所有的人（除了一个之外）把头转过来看她的，并不是她的美貌。"

"是那种风韵，"那位少校说："重要的是——那种风韵。"然后他突然好奇地问，"你一直锲而不舍地在看什么呀？"

赫尔克里·波洛回答道："我在看那个唯一例外的人。她走过的时候，只有那个男人没有抬头。"

巴里少校顺着他的目光看去，看到一个年约四十岁的男人。他的头发很漂亮，皮肤微黑，有一张安静而愉悦的脸，正坐在海滩上吸着烟斗，看一本《时代》杂志。

"啊，那个人！"巴里少校说："小伙子，他就是那个丈夫，就是马歇尔。"

赫尔克里·波洛说："我知道。"

巴里少校笑了。他本人是个单身汉，一向对"丈夫"只有三种看法——"障碍""不便"和"保镖"。他说："看起来是个好人，很安静。不知道我订的《时代》杂志来了没有。"他站起身来，向旅馆走去。

波洛的视线缓缓转到斯蒂芬·兰恩的脸上。斯蒂芬·兰恩正望着艾莲娜·马歇尔和帕特里克·雷德芬。他突然转过头来对着波洛，眼中闪动着狂热。他说："那个女人简直就是邪恶的化身，你还有什么怀疑吗？"

波洛慢慢地说："这事很难说。"

斯蒂芬·兰恩说："但是，只要活着，难道会感觉不到吗？在你四周，都有邪恶存在。"

赫尔克里·波洛慢慢地点了点头。

第二章

罗莎蒙德·达恩利走过来坐在他身边的时候，赫尔克里·波洛毫不掩饰自己喜悦的心情。他早就承认，他对罗莎蒙德·达恩利爱慕有加，就像他见到其他出色女性一样。他欣赏她的出类拔萃，她优雅的身姿和自信的神情。他喜欢她波浪般的光洁黑发以及玩世不恭的笑容。她穿着海军蓝布料做的套装，上面点缀着一些白色修饰，看似简单，其实剪裁十分精致。罗莎蒙德·达恩利的罗斯蒙德服饰有限公司是伦敦最著名的女装公司之一。

她说："我觉得我并不喜欢这个地方，我也不明白自己为什么到这里来。"

"你以前来过这里，是吧？"

"是的，两年前的复活节，当时还没现在这么多人。"

赫尔克里·波洛看看她，温柔地说："有什么事困扰着你，我说对了，是吗？"

她点点头，两脚前后摇摆。她盯着自己的脚，说道："我见到了某种幻象，就是这样。"

“幻象？”

“嗯。”

“什么东西的幻象？还是什么人的幻象？”

“哦，我自己的幻象。”

波洛柔和地问道：“这个幻象令你很痛苦吗？”

“没想到会那么痛苦，令我想起了过去，你明白……”

她停了下来，沉思一下，然后说道：“想象一下我的童年——不，你根本想不出来，你不是英国人！”

波洛问道：“是非常英式的童年吗？”

“哦，太英式了，你会觉得难以置信！乡村生活，破破烂烂的大宅，有马，有狗，雨中散步，木柴生火，园子里长着苹果树，经济上捉襟见肘，老式粗花呢套装，年复一年穿着同样的晚礼服，乏人照料的花园，秋天遍野的雏菊……”

波洛温柔地问道：“你希望能回到那时候？”

罗莎蒙德·达恩利摇了摇头。她说：“人是不能回到过去的，不是吗？永远也回不去了。不过我情愿自己当年——做了另外的选择。”

波洛说：“不见得吧。”

罗莎蒙德·达恩利大笑起来。“我也这么想，真的。”

波洛说：“我年轻的时候（唉，小姐，说来话长，那可是好久以前的事了），流行过一个游戏叫‘若不做你自己，你想做谁？’你可以把答案写在那种年轻女孩用的小本本里，就是那种带金边，外面是蓝色皮面的小本。不过小姐，要回答这个问题可真的很不容易呢。”

罗莎蒙德说：“是不容易——我也觉得不容易，那是件很冒险的事。没人会想象自己是墨索里尼或是伊丽莎白公主。至于自己的朋友，我们又了解得太多了。我还记得有次碰到一对非常迷人的夫妇，他们一派举案齐眉，心满意足的样子，在结婚那么多年之后还能保持这样的关系，让我很嫉妒那个女人，我真想和她交换位置。可是后来有人告诉我说，其实这两人私下里根本就互不理睬，已经有十一年之久了！”

她笑了一阵，然后说：“这不正说明，你根本就不了解别人的真实情况吗？”

沉默了一会儿，波洛说：“想必有很多人愿意做你这样的人呢。”

罗莎蒙德·达恩利漠然地说：“哦，是呀，那是当然。”她又想了想，嘴角向上一弯，露出那玩世不恭的笑容，“不错，我正是成功女性的楷模，我很享受艺术创作给一个成功的艺术家带来的精神满足（我是真的喜欢设计服装），也很享受一个成功的女企业家获得的物质满足。我生活富足，身材不错，容貌也过得去，说话也不算太刻薄。”

她停顿了一下，笑意更加盎然。“当然——我还缺个丈夫！在这方面不尽如人意，对不对，波洛先生？”

波洛殷勤地说："小姐，你还未结婚，是因为我的同性中还没有一个能配得上你的。你保持独身是出于你的选择，没人能勉强你。"

罗莎蒙德·达恩利说："目前是这样，可是我相信你也和所有男人一样，内心深处还是认为，对女人来说，如果没有结婚生子，生命就会有很大的缺憾。"

波洛耸了耸肩膀，"嫁人生孩子，那是普通女人都能做到的，但一百个女人里只有一个——说少了，一千个女人里只有一个——能像你一样得到今天的名气和地位。"

罗莎蒙德对他咧咧嘴："目前是这样。可不管怎么说，我毕竟还是一个已经开始憔悴的老处女！至少，我今天就有这样的感觉。我倒情愿一年没几个钱，却有个高大老实的丈夫，还有一堆小鬼跟在我后面。这也是实话吧，是不是？"

波洛无奈地耸了耸肩膀。"你既然这样说，就算是吧。"

罗莎蒙德笑了起来。她突然恢复了自制，拿出一支香烟点上。她说："你肯定很会和女人打交道，波洛先生，我现在倒想站在相反的立场上，来和你争论一番女性应以事业为重的观点了。我现在这样的生活当然不坏——我也知道。"

"那么，我们或许可以说，花园里的一切，或许应该说海边的一切，还是很可爱、很美好的，对不对？"

"一点儿不错。"

波洛也掏出烟盒，点上一支他最喜欢的细香烟。他望着袅袅上升的青烟，轻声细语地说："那么，马歇尔先生，不，马歇尔上尉是你的老朋友了，小姐？"

罗莎蒙德坐直了身子。她说："哎，你是怎么知道的？哦，我想是肯[1]告诉你的吧？"

波洛摇了下头。"没人告诉我什么。可是，小姐，我是个侦探呀，这不是一目了然，显而易见的事吗？"

罗莎蒙德·达恩利说："我不明白。"

"想想看！"这小个子男人两手比画着，"你在这里已经待了一个星期，一直很活跃，很开心，无忧无虑的，今天却突然说起幻象，说起旧日时光，这是怎么回事呢？过去几天里都没有新客人来，一直到昨天晚上马歇尔先生和他的太太跟女儿来了，今天你就起了这样的变化！情况难道不是显而易见吗？"

罗莎蒙德·达恩利说："嗯，这倒是真的，肯尼斯·马歇尔和我算是青梅竹马的朋友，马歇尔家就住在我家隔壁。肯一向对我很好——当然，是那种让着我的好法，因为他比我大四岁。我后来好久没有见过他。总有——至少十五年了。"

波洛沉吟道："时间是够长的。"

---

①肯尼思的昵称。

罗莎蒙德点点头，他们沉默了一阵，然后赫尔克里·波洛说："他是个富有同情心的人，对吗？"

罗莎蒙德热切地说："肯尼斯是个好人，最好的人，沉默寡言，性格内敛。我敢说他唯一的缺点就是专门娶那种要不得的女人。"

波洛充满理解地说了声："是啊……"

罗莎蒙德·达恩利继续说道："肯尼斯是个傻瓜——只要涉及女人他就成了一个大傻瓜！你还记得马汀戴尔的案子吗？"

波洛皱起了眉头。"马汀戴尔？马汀戴尔？是下毒吧，是不是？"

"不错，十七八年前的事了，那个女人被控谋杀丈夫。"

"后来证明那个丈夫有服食砒霜的习惯，结果她被判无罪释放了。"

"不错。呃，在她获释之后，肯娶了她，真是傻到家了。"

赫尔克里·波洛轻声细语地说："可是，说不定她的确是清白的呢？"

罗莎蒙德不耐烦地说："啊，我敢说她一定是清白的，没人知道到底是怎么回事！可是世界上有大把的女人可以娶，又为何偏去娶个因为谋杀案受过审的女人呢？"

波洛没说话，也许他知道如果他保持沉默的话，罗莎蒙德·达恩利就会接着说下去。

她果然继续说道："当然，那时候他还很年轻，才二十一岁，对她非常迷恋。她是生琳达的时候死的——他们结婚才一年。我相信她的死让肯很受打击，后来很长一段时间里，他到处寻欢作乐——我想是为了忘掉自己的痛苦。"她顿了一下，"接着就发生了艾莲娜·斯图尔特的事，她那时是个歌舞剧演员。当时发生过一起有名的柯丁顿离婚案，柯丁顿夫人和柯丁顿勋爵离婚的时候，就指认艾莲娜·斯图尔特是妨害家庭的第三者。他们说柯丁顿爵士为她神魂颠倒，大家都以为只要一离婚，柯丁顿勋爵就会娶她。可是，尘埃落定之后，他并没有娶她，硬把她给甩了。我想她还曾把他告上法庭，控诉他言而无信，毁弃婚约。反正，这件事在当时闹得沸沸扬扬的。接下来，就是肯挺身而出把她娶了回来。这个傻瓜——这个彻头彻尾的大傻瓜！"

赫尔克里·波洛轻声细语地说："人们做这种傻事也可以理解——她长得还是很不错的。"

"不错，这倒是真的。还有一件发生在三年前的丑闻，老爵士罗杰·厄斯金死后把全部财产遗赠给她。我原以为这件事总该让肯睁开眼睛看看他娶的是什么货色了吧。"

"可是并没有吗？"

罗莎蒙德耸了下肩膀。"我告诉你，我已经有多年没见过他了。不过，别人说他对此事完全无动于衷，我倒想知道这是为什么。难道他对她就这么盲目信任吗？”

“也许另有原因。”

“不错，面子问题，面子总要维持！于是他也只好三缄其口了。我不知道他对她的真实想法，没人知道。”

“她呢，她对他是怎么想的？”

罗莎蒙德瞪着他。她说：“她？她是世界头号掘金女郎，也是个男人杀手！只要在她方圆百码之内出现了一个男人，艾莲娜就想对这个新猎物下手，她就是这种人。”

波洛点了点头，表示百分之百赞同。“不错，”他说，“你说得不错，她的两眼只看一样东西——男人。”

罗莎蒙德说：“她现在又看上了帕特里克·雷德芬。他长得很英俊，性格又那么单纯——你也知道，他喜欢他太太，不是到处拈花惹草的花花公子。这种人最对艾莲娜的胃口，正是她喜欢猎取的那种。我挺喜欢雷德芬太太——她长得也不错，很是楚楚动人——可是我想她这种小猫是绝对搞不过专吃男人的母老虎艾莲娜的。”

波洛说：“确实不是她的对手，正像你说的那样。”他看起来非常沮丧。

罗莎蒙德说：“克莉丝汀·雷德芬曾经当过老师，我认为，她是那种相信理性重于感性的人。这回她该遭到当头棒喝了。”

波洛懊恼地摇了摇头。

罗莎蒙德站了起来，她说：“这太过分了。”她很含糊地又补上一句，“真该有人为此做点儿什么。”

琳达·马歇尔在卧室里照镜子，越照越烦。她本来就对自己的容貌很不以为然，现在照着镜子，更觉得脸上怎么有这么明显的骨骼轮廓和雀斑。红棕色的头发特别蓬松，真难看（简直就像小耗子，她忿忿地想）。至于灰绿色的眼睛，高高的颧骨和长长的下巴，她也一概不满意。嘴和牙齿还算凑合——可是光牙齿好又有什么用？嗯，鼻子旁边怎么长了颗痘？仔细看看，不是青春痘，她放心了。她暗想：“十六岁真可怕——就是可怕！”

不知怎么回事，她总是处于困惑之中。琳达有时候害羞局促得像小牛犊，有时候又敏感易怒得如同刺猬。她总觉得自己不漂亮，又觉得自己一无是处。在学校里情绪还好，可是现在离开了学校，谁也说不出她下一步该做什么，往哪里走。她父亲曾经语焉不详地说过今年冬天要送她去巴黎。琳达对巴黎没什么兴趣——可是待在家里更无聊。直到现在她才真正领悟到自己是多么讨厌艾莲娜。

琳达年轻的脸越绷越紧，灰绿色的眼睛也渐渐冷峻起来。

艾莲娜……她心里想道，这畜生——就是个畜生……

继母！继母总是令人厌恶的坏家伙，人人都这么说。这话可太对了！并不是艾莲娜对她有什么虐待，大部分时间里，艾莲娜压根儿对这个小女孩视若无睹，拿她当空气。但凡她的注意力偶尔转到她身上，眼光和腔调里总带着一股居高临下的倨傲……艾莲娜优雅的姿态和动作，凸显出琳达的局促笨拙。只要艾莲娜在，琳达就会无地自容，自惭形秽，觉得自己是那么幼稚和粗鲁。

可是问题还不止这些，不，不止这些——琳达想了又想，她还不能清晰地理解并表述自己感觉到的东西——问题在于艾莲娜给别人——特别是给他们的家庭——带来的影响。“她是个坏人。”琳达坚决地认为，“她是个很坏很坏的坏人。”

可是你不能对这个坏人视而不见，假装她不存在，因为她对别人的影响也很大。比如说对爸爸。爸爸和以前相比变化很大很大……她茫然而迷惑地回想着爸爸和她在一起的那些事……爸爸带她离开学校，爸爸带她去旅游，还有爸爸在家，艾莲娜也在的时候。各种事，有些你能看到，有些你只能感觉到，都不正常。

琳达想：“日子还会这样继续下去，一天天，一月月，没完没了。我真是难以忍受。”

展现在她眼前的一连串日子，望不到尽头，因为艾莲娜的存在而显得暗淡无光。她还是个孩子，对时间没什么概念。一年时间，在琳达看来如同永恒。憎恶之火在她心里升起，她不由得想道：“我真想杀了她。啊！她死了就好了……”

她的目光越过镜子望向窗户下方的海水。

这个地方很有意思，至少应该会很好玩儿。不仅有海滩、小湾，还有许多曲径通幽的小路，有些地方可以去探探险，要是想一个人独处也有不少适宜的地点。考恩家的孩子告诉她，他们发现了一些山洞。琳达想："只要没有艾莲娜，我就可以玩得很开心。"

她回想起刚到岛上的那天。从大陆来到一个四面被水环绕的小岛还是很刺激的一件事。潮水淹没了堤路，他们是坐小船过来的。这个旅馆的外表看起来很不一般，令人激动。这时阳台上有一个黑黑的高个子女人跳了起来，说："哎呀，是你，肯尼斯！"

而她父亲满脸惊诧地失声叫道："罗莎蒙德！"

琳达用孩子特有的挑剔眼光仔细打量罗莎蒙德·达恩利之后，发现她很欣赏罗莎蒙德这个人。在她眼里，罗莎蒙德是个通情达理的人。她的头发长得很好，与她本人非常搭调——大部分人的头发都和他们自己不搭。她的衣着也很好，她的脸也很好，非常有趣——一派自得其乐的恬淡。罗莎蒙德对琳达也很好，既没有大惊小怪，也没有喋喋不休（琳达所谓的"喋喋不休"，就是一大堆惹人厌烦的废话）。而且罗莎蒙德也并没有把琳达当作不懂事的孩子，而是把她当作一个正常人。琳达很少被当作正常人，所以每每碰到这样的人，她就满怀感激之情。

爸爸似乎也很高兴见到达恩利小姐。令人惊奇的是，他突然像变了一个人似的。他看上去——当时看上去，琳达细想了一下——嗯，他看上去忽然年轻了！他开怀大笑着，笑得像个孩子。现在琳达回想起来，觉得自己真的很少听到父亲开怀大笑。她有些不知所措，好像从未见到过这样的爸爸。她想："也不知道爸爸在我这个年纪的时候，是什么样子……"这可是难以想象的事，于是她决定不去想。

她突然萌生出一个想法。要是他们，只有她和爸爸，来到这里，巧遇达恩利小姐，那该是多么惊喜的一件事呀。她向往的情形是这样的：爸爸充满孩子气地大笑着，还有达恩利小姐和她自己，在岛上尽情享受各种乐趣——去游泳，去钻山洞——

黯淡心绪再次降临。

但是，有艾莲娜，只要有她在，就别想玩得开心尽兴。为什么不能呢？就是不能，至少琳达就开心不起来。你恨的人近在眼前，你怎么会快乐？不错，就是恨！她就是恨艾莲娜。憎恶之火又在她心里慢慢地燃烧起来，弄得她脸色发白，嘴唇微张，两眼的瞳孔也开始收缩，两手十指紧紧攥在一起……

肯尼斯·马歇尔敲敲妻子的房门，听到她应了一声，就推开门走了进去。艾莲娜刚梳妆打扮好，穿着一身闪烁着亮片的绿衣服，像一条人鱼。她正站在镜子前面，仔细地涂着睫毛膏。

她说："哦，是你。"

"嗯，我来看看你是不是准备好了。"

"马上就好。"

肯尼斯·马歇尔走到窗前，望望窗外的海面。像往常一样，他脸色平静，和蔼可亲，看不出心里在想什么。

他转过身来，说道："艾莲娜？"

"什么事？"

"我猜，你以前就认得雷德芬吧？"

艾莲娜漫不经心地答道："啊，是啊，亲爱的，我在什么地方的一个鸡尾酒会上见过他，我觉得他挺乖巧的。"

"果不出我所料。你早就知道他跟他太太要到这里来吗？"

艾莲娜瞪大了眼睛。"啊，不，亲爱的，我怎么都没料到会碰到他啊。"

肯尼斯·马歇尔心平气和地说："我以为也许就是因为他们要来，你才会想到来这个地方，所以你那时候非得要我们到这里来。"

艾莲娜把睫毛膏放下，转过身去对着他微微一笑——笑容中充满了魅惑。她说："是有人跟我提起这个地方，好像是赖兰兹夫妇吧。他们对这个地方赞不绝口——说这里的风光原汁原味，妙不可言！难道你不喜欢这里吗？"

肯尼斯·马歇尔说："说不好。"

"噢，亲爱的，你最喜欢游泳，又喜欢悠闲自在，我想你肯定会喜欢这里的。"

"我明白，你的意思就是说，你会自己玩自己的，不用我陪。"

她的眼睛睁得更大，有点不知所措地望着他。

肯尼斯·马歇尔说："我认为，其实是你告诉年轻的雷德芬，说你打算到这里来的吧？"

艾莲娜说："肯尼斯，亲爱的，你不要这么胡思乱想，好吗？"

肯尼斯·马歇尔说："得了吧，艾莲娜，我很清楚你是个什么样的人。那对小夫妻感情很好，那个年轻人真的很爱他太太，你干吗非得去搅和人家？"

艾莲娜道："你这么说我可太不公平了，我怎么了？我什么也没干，连个手指头都没动，可要是别人——"

他盯着问道："别人怎么样？"

她不停眨巴着眼睛。"嗯，当然啦，我也知道有人会迷恋我，可那和我有什么关系，他们喜欢这样嘛。"

"那你承认年轻的雷德芬迷恋你了？"

艾莲娜喃喃道："他就是这么个傻瓜，"她向丈夫走近一步，"可是你应该了解我，是吧？你知道我真正爱的只有你一个人。"

她抬起眼睛，目光透过浓密油亮的睫毛含情脉脉地望着他，非常动人——很少有男人抗拒得了这种目光。肯尼斯·马歇尔俯视着她，目光严峻。他不动声色地说：“我想我相当了解你，艾莲娜……”

旅馆南侧有个阳台，海滨浴场就在阳台下面，也有一条小路，可以从那里绕过悬崖到岛的西南侧。前面不远处，有几级石阶通到攀升悬崖的石梯，也就是一连串在悬崖上开凿出来可供下脚的凹窝，这里在旅馆地图上标注为“阳光崖”。这些地方都安排了供游客使用的座椅。雷德芬夫妇吃过晚饭后，就散步到了一处这样的地方。这是个美好的夜晚，月色如水。雷德芬夫妇坐了下来，两个人都不说话，最后帕特里克·雷德芬说：“多美的夜晚，是不是，克莉丝汀？”

“唔。”她的语气里有点什么东西让他感到不安。

他坐在那里，目光回避着她。克莉丝汀静静地问道：“你早就知道那个女人要到这里来，是吗？”

他转过身来，说道：“我不明白，你这话是什么意思？”

“我想你明白得很。”

“喂，克莉丝汀，我不懂你这是怎么了——”

她打断了他的话，颤抖地低语着：“我怎么了？是你怎么了！”

“我没有怎么啊。”

“哦，帕特里克，有的！你非要到这里来，怎么说都没用。我本来是打算去我们以前度蜜月的地方，你却非要来这里不可。”

“是啊，为什么就不能来这里呢？这地方多好啊！”

“也许是不错，可你之所以想到这里来，只不过是因为她要来。”

“她？她是谁？”

“马歇尔太太。你，你已经被她冲昏头脑了。”

“我的天，克莉丝汀，别冒傻气了，吃这种莫名其妙的醋，这不是你的风格。”他装腔作势地发着脾气。

她说：“我们一直都是很幸福的！”

“幸福，我们当然一直很幸福！我们现在也很幸福！可只要我跟别的女人搭讪几句，你就争风吃醋的话，那我们就不会幸福了！”

“不是这么回事。”

“就是这么回事！结了婚的人也还是可以，呃，和别人保持友谊关系的。你这么疑神疑鬼的完全没有必要。我，我就不能和美女说话，一说你就火冒三丈，说我爱上了她——”他停下来，耸了耸肩膀。

克莉丝汀·雷德芬说：“你本来就是爱上了她……”

“得了，别犯傻了，克莉丝汀！我，我只不过是跟她闲扯了几句而已。”

“才不是呢。”

“不要我们一碰到美女，你就开始吃醋，这习惯可不好。”

克莉丝汀·雷德芬说：“她可不仅仅是美女而已！她，她是个与众不同的人！她很坏！就是这样。她会伤害你的。帕特里克，求求你，放手吧，我们离开这里。”

帕特里克·雷德芬不高兴地把头一扬，像孩子一样辩解道：“别傻了，克莉丝汀，我们，我们别为这种事吵架。”

“我并不想吵架。”

“那就通情达理一些。好了，我们回旅馆去吧。”

他站起身来，有一阵子克莉丝汀没动，过了一会儿，她才站了起来，说：“好吧……”

在不远处的一个拐角上，坐着赫尔克里·波洛，他有点忧伤地摇了摇头。有些人也许会在别人谈话时赶紧走开，免得涉嫌偷听，可赫尔克里·波洛不会，他才不会如此拘泥。“何况，”他后来向他的朋友黑斯廷斯说，“事关谋杀。”

黑斯廷斯瞪大了眼睛道：“可是，当时谋杀案还没发生呢。”

赫尔克里·波洛叹了口气说：“可是，我的朋友，当时这种迹象已经很明显了。”

“那你为什么不事先制止呢？”

赫尔克里·波洛又叹息了一声，把他以前在埃及时说过的一段话又重复了一遍——要是谁一心想要取人性命，那是很难防止的。他一点儿也不责怪自己没有制止当时发生的事，据他说，那件事根本就无法避免。

第三章

罗莎蒙德·达恩利和肯尼斯·马歇尔坐在崖顶剪得短短的草坪上，俯视着下面的鸥湾。这里是岛的东侧，人们有时候早上到这里来游泳，因为这里比较安静，不被打扰。罗莎蒙德说：“能远离人群真好。”

马歇尔含糊地应道：“嗯。”他翻过身去，嗅着草皮，“真好闻，还记得家乡的草原吗？”

“当然。”

“那些日子真好。”

“嗯。”

“你看起来没什么变化，罗莎蒙德。”

“还是有变化的，而且很大。”

“你事业上一直很成功，也赚了很多钱，不过你还是以前那个罗莎蒙德。”

罗莎蒙德喃喃地说：“要真是这样就好了。”

“你说什么？”

“没什么，肯尼斯，我们无法保持年轻时候的纯良天性和远大理想，实在很可惜，是不是？”

“你原来天性很纯良吗？我倒不知道。孩子，你以前常常会大发雷霆。有一次在发脾气的时候差点把我给掐死。”

罗莎蒙德大声笑起来。她说：“你还记得那天我们带托比去抓水老鼠的事吗？”

他们谈了一阵子往事，然后停顿下来。罗莎蒙德的手指拨弄着皮包的搭扣。最后她终于开了口：“肯尼斯？”

“嗯。”他的回答似乎听不清楚，他还卧在草坪上。

“要是我说几句非常唐突的话，你会不会从此不理我了？”

他翻身坐起来，很严肃地说：“我想我绝不会认为你说的是什么唐突之言。你知道，你是很有分寸的人。”

她点点头，表示接受他最后那句话的意思，但不让他看出来她听了这话很高兴。“肯尼斯，你为什么不跟你太太离婚？”

他脸色一变，神情冷淡起来——刚才的快乐情绪蓦地消失不见了。他从口袋里掏出烟斗，开始往里面装烟丝。罗莎蒙德说：“要是我的话冒犯了你，请你原谅。”

他不动声色地说：“你没有冒犯我。”

“啊，那你为什么不离婚呢？”

“你是理解不了的，亲爱的小姑娘。”

“难道你——就那么喜欢她吗？”

“那不算什么。你知道，我已经和她结婚了。”

“我知道，可是她——声名狼藉。”

他想了想，一面仔细地填装着烟丝。“是吗？——我想是的。”

“你可以跟她离婚的，肯尼斯。”

“亲爱的小姑娘，你这话说得欠妥。即使别的男人对她神魂颠倒，她不见得也同样如此。”

罗莎蒙德话到嘴边又忍住，然后说：“你可以做出某种安排，让她主动提出和你离婚——如果你觉得那样比较能接受的话。”

“这应该不成问题。”

“你应该这样做。肯，真的，我可不是开玩笑，你还要为孩子考虑。”

“琳达？”

“是的，琳达。”

“琳达和这事有什么关系？”

“艾莲娜对琳达不好，真的。我觉得琳达对很多事有自己的看法。”

肯尼斯·马歇尔划着了火柴去点烟斗。他吸了两口烟，说：“嗯——是有这个问题，我想艾莲娜和琳达彼此并无好感。也许这对一个女孩子来说很不好，我还是有点担心的。”

罗莎蒙德说：“我喜欢琳达——很喜欢，她有些地方——很打动我。”

肯尼斯说：“她就像她母亲，心思重得很。”

罗莎蒙德说：“说实话，难道你不觉得该摆脱艾莲娜吗？”

“与她离婚？”

“是呀，这是常见的事，随时都有人离婚。”

肯尼斯·马歇尔突然发起火来：“不错，而我正是讨厌这一点。”

“讨厌？”她大吃一惊。

“是呀，现在人们对生活都是抱着这种随随便便的态度。你得到一个东西，然后不喜欢了，就唯恐丢弃得不够快。真见鬼，我们总该讲点信用吧。你娶了一个女人做妻子，结婚时就决定要关心照顾她，是吧？那你就要说到做到，这是你的责任，而且是你自己找的责任。我就是不喜欢那种结得草率，离得容易的婚姻。艾莲娜是我的妻子，事情只能这样。”

罗莎蒙德俯过身去，小声问道：“这就是你的态度？‘至死不渝’？”

肯尼斯·马歇尔点点头，他说：“正是如此。”

罗莎蒙德说：“我明白了。”

沿着弯弯曲曲的小窄路开车回莱德卡比湾来的贺拉

斯·布拉特先生，在一个拐弯的地方差点撞倒了雷德芬太太。为了躲避来车，她把身体紧贴在山壁上，布拉特先生赶紧刹住车。

“你好——你好。”布拉特先生很开心地招呼道。他身材高大，长了一张赤红的脸，一圈红发围着光秃秃的头顶。他最喜欢的事是成为各类团体或聚会的中心人物。他不仅认为海盗旗旅馆缺少寻欢作乐的气氛，而且还大肆宣传这一点。他就是不明白，为什么只要他一现身，很多人就悄悄地失去了踪影。

“差点把你挤成草莓酱了吧？”布拉特先生兴高采烈地说。

克莉丝汀·雷德芬说：“可不是，就差一点。”

“上车吧！”布拉特先生说。

“哦，谢谢你，我还是走路吧。”

“废话，”布拉特说，“那车子是做什么用的？”

他这么坚持，克莉丝汀·雷德芬只好上了车。布拉特先生重新发动引擎，因为他刚才刹车过猛，引擎熄火了。布拉特先生问道：“你怎么一个人散步？像你这样漂亮的女孩子，就不该独自活动。”

克莉丝汀急忙解释说：“哦，我喜欢一个人闲逛。”

布拉特先生用胳膊肘轻轻碰了她一下，这个动作几乎让车子撞上岩壁。“女孩子就喜欢这样说，”他说，“其实她们根本不是这个意思。你知道，这个地方，就是这个海盗旗旅馆，应该是个寻欢作乐的地方。现在这里一点都不好玩，让人无精打采的。当然，这里倒有不少客人，不少孩子，可是也有不少暮气沉沉、上了年纪的人。比方说那个去过印度的英国人，极其无聊。还有那个像体育健将的牧师，那对唠唠叨叨的美国夫妇，还有那个留着小胡子的外国人——他那两撇胡子太滑稽了！我估计他是个理发师之类的人。”

克莉丝汀摇摇头。“不是，他是侦探。”

布拉特先生的车又差点撞上岩壁。“他是侦探？你是说，那是他乔装的？”

克莉丝汀·雷德芬微微一笑说：“没有，他本来就是这副模样。他叫作赫尔克里·波洛，你想必听说过这个人。”

布拉特先生说：“一时半会儿想不起来这个名字。啊，想起来了，我是听说过他，不过我觉得他已经不在人世了……妈的，他就是应该死了嘛，他到这里来查什么案子？”

“他不是来查案——只是来度假的。”

“噢，那倒不是没有可能。”布拉特先生用怀疑的口吻说，“他看起来有点粗鲁，是不是？”

“呃，”克莉丝汀带点迟疑地说，“也许是有点怪吧。”

“我的意思是说，”卡拉特先生说，“我们有苏格兰场，用得着他吗？我时时刻刻都认为英国人做事最出色。”他们来到山脚下，他得意扬扬地按着喇叭，把车停放在旅馆的车库里。为了避免受潮水影响，车库设在旅馆对面的陆地上。

* * *

琳达·马歇尔在一家小店里闲逛。这里专卖旅游商品，顾客都是莱德卡比湾的游客。书架上的书倒是不少，两便士就可以租来看，不过其中最新的书也是十年前出版的，有不少则是二十年前出版的，剩下那些就更不用提了。琳达在书架上挑挑拣拣了一番，把自己不爱看的书放了回去，拿着手里剩下的一本棕色软皮封面的小书看起来，看得忘记了时间……

突然，克莉丝汀·雷德芬的声音在她身边响起，问道："你在看什么书呢，琳达？"琳达吓了一跳，赶紧把手里的书插回架上，慌慌张张地说："没什么，我正在找一本书。"她信手抽出一本《威廉·阿什的婚姻》[①]，走到柜台前，摸出两便士来付租金。

克莉丝汀说："布拉特先生刚开车送我回来——在这之前他差一点就把我给撞倒。我实在不愿意跟他一起走堤路回旅馆去，只好说我得来买东西。"

---

① *The Marriage of William Ashe*，英国作家玛丽·奥古斯塔·瓦德的小说，是一九〇五年全美国最畅销的作品。

琳达说："这人真够讨厌的，总在炫耀自己是多么富有，讲那些糟糕的笑话。"

克莉丝汀道："多可怜啊，我倒挺同情他呢。"

琳达可不这么想，她年轻，有年轻人的那种残忍，不觉得布拉特先生有什么好可怜的。她随着克莉丝汀·雷德芬走出小店，向堤路走去。她最近一直思绪万千，心事重重。她喜欢克莉丝汀·雷德芬，在琳达眼里，这座小岛上的客人里只有克莉丝汀和罗莎蒙德·达恩利这两个人还能交往一下。她们两个都不爱多嘴，你看现在她们俩走在一起，克莉丝汀就静静地什么都不说。琳达觉得就该这样，这是理所当然的。如果没什么值得一谈的事，又何必一直叽叽喳喳个没完呢？她默默地想着自己的心事。

忽然，她说起话来："雷德芬太太，你有没有觉得什么事情都乱七八糟，令人心寒，感觉——呃，让你觉得自己要爆炸一样……"

这几句话突如其来，听起来几乎有些滑稽，可是琳达沉着脸，神情充满焦虑，完全也没有开玩笑的意思。克莉丝汀·雷德芬开始不太明白，疑惑地望着她，发现她很认真，完全没什么可笑的……

她吸了一口气，说道："是，我有过——我曾经有过——正是这样的感觉……"

布拉特先生说："原来你就是那个有名的大侦探，呃？"

他们坐在酒吧间里，那是布拉特先生最喜欢去的地方。

赫尔克里·波洛一如既往地点头承认，丝毫没有谦虚一下的意思。布拉特先生接着说："你怎么来这里了，是来查案子吗？"

"不是，不是，我是来休息的，我在度假。"

布拉特先生眼睛一眨。"你只能这么说，是不是？"

波洛回答说："那倒不一定。"

贺拉斯·布拉特说："啊！算了吧，说老实话，你跟我在一起绝对用不着担心。我是个守口如瓶的人，听到什么都不会说出去，我一向如此。要是没搞明白是怎么回事，我是不会贸然掺和进去的。可是你也知道大部分人是什么样的——他们对道听途说的事情叽叽喳喳说个不停，干你这行的可受不了这种事！所以你必须得说你来这里不是为了别的，只是来度假的才行。"

波洛问道："你为什么不相信我的话呢？"

布拉特先生闭上一只眼睛，说："我见多识广，什么人没见过，对各种人的习性了如指掌。像你这样的人，应该去法国的多维尔，或是勒图凯，或是瑞昂莱潘度假，那才是你——怎么说来着？——心灵的故乡。"

波洛叹了口气。他望望窗外，窗外淅淅沥沥地下着雨，小岛雾气弥漫。他说："也许还是你说得对！至少，那些地方在下雨时也会有很多娱乐消遣。”

“那里的赌场很不错……”布拉特先生说，“你知道，我半生操劳，一直在勤勤恳恳地工作，没有时间休假玩乐。我想成为成功人士，也做到了。现在我可以想干什么就干什么，我的钱不比别人少。告诉你，过去这几年，我可没少享受。”

波洛喃喃地道：“哦，是吗？”

“也不知道我怎么会到这个地方来。”布拉特先生继续说。

波洛说：“我也正奇怪呢。”

“呃，你说什么？”

波洛摆了摆手。“我也是个见多识广的人，我也觉得你该去多维尔或是比亚里茨的。”

“我们没去那些地方，却都到了这里。”布拉特先生沙哑地笑着，“真不知道我为什么到这里来。”他想了想说，“你知道，我想是因为海盗岛和海盗旗旅馆这类名字听起来很有浪漫情调。你知道，这种名字会让人心动，让你想起童年，想起海盗、走私之类的东西。”

他笑起来，还有点难为情。“我小时候常常驾船，当然不是在这种地方，是在东岸那边。说来好笑，我对驾船这种事乐此不疲，一直念念不忘。只要我愿意，就可以去弄一条很不错的游艇来玩玩。可我没这兴趣，我就喜欢驾着我那条小船四处闲逛。雷德芬也喜欢驾船，我们一起出去过一两次。现在可难找到他了——他一天到晚死缠着马歇尔那个红头发的老婆。”他停顿了一下，压低声音继续说道，“这个旅馆里净是些干柴棒子一样乏味的人，马歇尔太太大概是唯一充满活力的吧！我想马歇尔光是照顾她就够忙的了。有关她的传闻一大堆，在舞台上如何如何，舞台下又如何如何。好多男人都迷恋她，你看着吧，总有一天会出事的。”

波洛问道：“出什么样的事？”

贺拉斯·布拉特说：“那就要看情形了。你看看马歇尔，外表是个脾气很好的人。其实不然，我可知道他是什么人，听说过一些他的事。我以前也见过像他这样神秘莫测的闷葫芦，你根本料不到他会干出什么事，雷德芬最好还是小心点儿——”

他打住了话头，因为他提到的那位先生走进了酒吧。

他有些不自然地继续大声说道：“我说过，在这一带驾船实在很好玩。你好啊，雷德芬，我们一起喝一杯吧。你喝什么？马丁尼？好，你呢，波洛先生？”

波洛摇摇头。帕特里克·雷德芬坐下来，说道：“你们在说驾船？这可是世界上最好玩的事，要是能多上几次船就好了。我小时候大部分时间都在海边划小船。”

波洛说：“那你很熟悉这一带了？”

“那是当然！早在盖这幢旅馆之前我就很熟悉这里。以前莱德卡比湾只有几栋渔夫的小茅屋和一所破破烂烂的老房子，岛上什么都没有。”

“岛上原来就有房子？”

“是啊，不过已经很多年没住人，几乎都塌了。以前有很多传闻，说那屋子里有秘道直通妖精洞。还记得我们以前一直想把那条秘道找出来。”

贺拉斯·布拉特的酒泼洒了出来。他咒骂一声，擦干之后问道：“妖精洞在哪儿？”

帕特里克说：“啊，你不知道吗？就在精灵湾那边，很难找到，就在石头堆的堤防后面，入口只有一条窄窄的缝隙，将将可以挤过去一个人，不过里面还是比较开阔的，是个相当大的山洞。想想看，对一个孩子来说，那是一个多好玩的去处。当年是个老渔夫带我去的。现在就连打鱼的也找不到那个地方了。有次我问一个渔夫，那个地方为什么叫精灵湾，他连答都答不上来。”

贺拉斯·布拉特说：“可我还是不明白，这个‘精灵’是指什么？”

帕特里克·雷德芬说：“哦，典型的德文郡传说而已，达特穆尔那边也有妖精洞。人们都说，要是到那里就要留下一根针，算是给妖精的见面礼吧。据说这妖精是沼泽里的精灵。”

贺拉斯·布拉特说：“哦，真有意思。”

帕特里克·雷德芬继续说道：“这一带有很多关于妖精的传说，有人还说妖精会骑在人背上。据说有的农夫半夜回家，就抱怨说自己被妖精引错了路。”

贺拉斯·布拉特说：“你的意思是说在他们灌了几杯老酒之后？”

帕特里克·雷德芬微微一笑。“按一般常识来说，这应该是最好的解释吧。”

布拉特看看表说：“我要吃晚餐去了。说起来，雷德芬，我还是喜欢海盗，而不是妖精。”

帕特里克·雷德芬望着他走出去，大笑着说：“他说得轻巧，我倒很想看看这个老兄被妖精迷住的样子。”

波洛沉吟道：“像布拉特先生这么一个辛苦赚钱的商人，还挺富于浪漫想象的。”

帕特里克·雷德芬说：“那是因为他没念过多少书，我太太就是这么认为的。你看看他都看些什么书，不是侦探小说，就是西部拓荒故事。”

波洛说：“你是说他思想简单，像个幼稚的孩子？”

“嗯，你不这么觉得吗？”

“我？我跟他不熟。”

“其实我跟他也不熟，虽然一起驾船出过几次海，但其实他也不喜欢跟别人相处，宁愿自己待着。”

赫尔克里·波洛说：“这挺奇怪的，他在陆地上可完全不是这样。”

雷德芬笑道：“我知道，我们对他都有点避之唯恐不及。他一心想着把这个地方变成通衢闹市，唯恐不热闹。”

波洛沉默了一两分钟，凝神注视着对方的笑脸，然后突如其来地说：“我想，雷德芬先生，你是个会享受生活的人。”

帕特里克吃惊地瞪着他。“的确如此，为什么不呢？”

“说得也是，”波洛表示同意，“在这一点上，我倒要祝贺你。”

帕特里克·雷德芬微笑着回应：“谢谢你。”

“所以，我这个老头子，比你要老得多的人，想给你一点忠告。”

“洗耳恭听。”

“我在警方有个很明智的朋友，几年前曾经对我这么说：‘赫尔克里，我的朋友，如果你想过安稳日子的话，就离女人远点。’”

帕特里克·雷德芬说：“我恐怕你这话说得有些晚了。你知道，我已经结婚了。”

“这我知道，你的夫人是个很迷人、很好的女人。我想，她很喜欢你。”

帕特里克·雷德芬立刻回道：“我也很喜欢她。”

“啊，”赫尔克里·波洛说，“真高兴听你这么说。”

帕特里克变得横眉立目，一副要发作的样子。“我说，波洛先生，你到底打算说什么？”

“说到女人，”波洛往后一靠，闭起眼睛，“本人对她们还是比较了解的。她们很容易就能把一池清水搅浑，让生活变得一团糟。而英国人呢，根本不会小心处理这方面的关系。如果你非要到这里来不可，看在上帝的分儿上，雷德芬先生，你干吗一定要带着太太来呢？”

帕特里克·雷德芬气恼地说：“我不懂你到底想说什么。”

赫尔克里·波洛不动声色地说：“你其实很清楚。我还没那么笨，非要和一个热恋中的人争辩，不过是劝劝你而已。”

“那些该死的搬弄是非的女人！那个加德纳太太，还有姓布鲁斯特的女人——她们整天吃饱了撑的，无事生非，不过因为一个女人长得漂亮些，她们就这么侮辱她。”

赫尔克里·波洛站起身，喃喃地说道：“你真是这么年轻气盛不懂事吗？”

他摇着头，离开了酒吧。帕特里克·雷德芬怒视着他的背影。

吃过晚餐回房间时，赫尔克里·波洛在走廊里停了一下。门开着，晚间的凉风吹了进来，雨已经停了，云开雾散，夜色宜人。赫尔克里·波洛看见了雷德芬太太，她正坐在外面她最喜欢的那把椅子上。他走近她说：“椅子还很湿，你不该坐在这里，会着凉的。”

“是呀，我是不该坐在这里，可是那有什么关系，无所谓了。”

“哎，哎，你又不是小孩子！你是个有知识的女性，要理智一些。”

她冷淡地说：“我向你保证，我从来没有着凉过。”

波洛道：“今天天气不好，风雨交加，雾气弥漫，什么都看不清楚。可现在呢？雨过天晴，烟消云散，满天繁星闪闪发光。人生也是如此。”

克莉丝汀低声说：“你可知道在此地我最烦什么吗？”

“什么？”

“怜悯。”她咬牙切齿地吐出这两个字，好像要抽人一鞭子似的。她继续说道：“你以为我不知道吗？你以为我没看见？那些人整天都在念叨着：‘可怜的雷德芬太太，那个可怜的小女人。’我可不是什么小女人，我高得很。她们说我小，是因为他们同情我，真让人难以忍受！”

赫尔克里·波洛仔细地将手帕铺在椅子上，坐了下来。

他字斟句酌地说：“是有点那个。”

“那个女人——”她欲言又止。

波洛严肃地说：“夫人，你肯听我告诉你一个事实吗？千真万确的事实，就像我们头上的星星一样真实可信。世界上像艾莲娜·斯图尔特或者艾莲娜·马歇尔这类的人，根本算不上什么。”

克莉丝汀·雷德芬说：“胡说。”

“我可以向你保证，千真万确。她们的胜利都是昙花一现，转瞬即逝。真正成功的女人一定是品德高尚，头脑明智的。”

克莉丝汀嗤之以鼻地说：“你觉得男人在乎女人有高尚的品德和明智的头脑吗？”

波洛郑重地说：“大部分是这样。”

克莉丝汀笑了一声。她说：“我难以苟同。”

波洛道：“你的丈夫很爱你，夫人，我知道的。”

“你怎么会知道。”

“哎，我就是知道，我观察过他望着你的神情。”

她突然就绷不住了，像崩溃了一般靠在波洛宽厚的肩膀上大哭起来。她说：“我受不了……我受不了……”

波洛轻拍着她的手臂，安慰她道：“忍一忍，只有忍一忍。”

她坐直身子，用手帕按了按眼睛，带着哭腔说：“没什么，我好多了。你走吧，我，我想一个人静一下。”

他顺从地走了，让她坐在那里，自己沿着小路回到旅馆。

就在他快到旅馆时，听见附近传来轻微的说话声。他的脚步偏离了小路，转向旁边。树丛有一个缺口，他看见了艾莲娜 · 马歇尔，帕特里克 · 雷德芬就在她身边。他听到那个男人满怀激情地说：“我迷恋你，迷恋你，你让我爱得发疯，你也有一点在乎我，有一点在乎吧？”

他看到艾莲娜 · 马歇尔的脸，他想，就像一只得意扬扬的猫，是只动物，不像人类。她温言软语地说：“当然啦，帕特里克，亲爱的，我非常爱慕你，你明明知道……”

赫尔克里·波洛实在偷听不下去了，他回到小路上，直接走回旅馆。

他身边突然闪出个人影，原来是马歇尔。马歇尔说：“晚上天气真好，是吧？尤其是今天一天都阴沉沉的。”他抬头望了望天，“看来明天还是好天气。”

第四章

八月二十五日清晨，碧空如洗。就算是懒人，在这种天气里也不想再赖在床上了。在海盗旗旅馆里，这天早起的人很多。

八点的时候，琳达坐在梳妆台前，把手里那本书封面朝下丢在桌上，任由它翻开着。她盯着镜子里自己的脸，嘴唇闭得紧紧的，两眼瞳孔收缩。她咬牙切齿地说：“我要去做……”

她脱下睡衣，换上泳装，外面罩上浴袍，穿好凉鞋，就走出房间，沿着走廊走下去。走廊尽头有扇门通往外面的阳台，然后是一道阶梯直通旅馆下面的岩石。岩石上又有一道阶梯通向下面的海水，很多客人都从这里下去，在早饭之前先游一会儿泳，因为这比到前面的大海水浴场去方便多了。琳达从阳台上往下走的时候，碰到她父亲从下面上来。他说：“你起得好早，是要下去泡泡水吗？”

琳达点点头。他们擦身而过，但琳达并没有接着往下走，反而绕过旅馆向左边走去，一直走到通往堤路的小径上。潮水涨得很高，把那条连接旅馆和大陆的堤路淹没了，但将旅馆客人送往对岸的小船却系在小码头上。管船的人正好不在。琳达上了船，解开缆绳，自己划了过去。

她在对岸将船系好，走上斜坡，经过旅馆的车库，一直走到小杂货店。女老板刚刚打开门，正在擦地板。她看到琳达，吃了一惊。“哎呀，小姐，你起得可真早。”

琳达从浴袍的口袋里掏出一些钱，开始挑选她要买的东西。

她回到旅馆的时候，发现克莉丝汀·雷德芬正在她房间里。“啊，你来了，”克莉丝汀叫道，“我以为你还没起床呢。”

琳达说：“呃，我刚才游泳去了。”

克莉丝汀看到她手里拿着包裹，惊讶地说：“今天邮差这么早就来了？”琳达的脸一红。本来她就容易紧张，动作不大协调，心一慌，手一松，那个包裹就从她手里滑落下去，捆扎的细绳绷断了，里面的东西滚落在地板上。克莉丝汀叫道：“你买这么多蜡烛做什么？”不过令琳达松口气的是，她并没有等着听回答的话，就一面帮忙把东西从地上捡起来，一面继续说：“我来是想问问你，今早要不要和我一起到鸥湾去？我要到那里去写生。”

琳达很高兴地答应了。在过去几天里，她不止一次陪克莉丝汀去写生。克莉丝汀是她所见过的最心不在焉的画家，也许她只是以画画为借口维护自己的尊严，因为她的丈夫现在大部分时间都陪在艾莲娜·马歇尔身边。

琳达·马歇尔心情越来越糟，脾气也越来越坏。她喜欢和克莉丝汀在一起，因为她一旦专心画画，就不太说话了。在琳达看来，这就跟自己独处差不多。奇怪的是，她并不排斥身边有人陪伴。在她和那个年纪比她大的女人之间似乎存在某种微妙的同情，也许是她们两个都厌恶同一个女人的缘故吧。克莉丝汀说："我十二点要打网球，所以我们最好早点动身，十点半好吗？"

"好的，我会准备好，在大厅里跟你碰头。"

罗莎蒙德·达恩利很晚才用完早餐，走出餐厅时，被从楼梯上急冲下来的琳达撞了个正着。"啊！对不起，达恩利小姐。"

罗莎蒙德说："今天早上天气真好，是不是？经过昨天那种天气之后，真叫人想不到。"

"我知道，我要和雷德芬太太到鸥湾去，我答应在十点半跟她碰头的，我觉得我来晚了。"

"不会，现在才十点二十五分。"

"是吗，太好了。"

她有点气喘吁吁的，罗莎蒙德好奇地瞧着她。"你没发烧吧，琳达？"

那个女孩双眼明亮，两颊红扑扑的。"哦，没有，我从来不发烧的。”

罗莎蒙德微微一笑道：“今天天气真好，所以我特地起床来餐厅吃早饭。平常我都是叫人送到床上来吃的，可是我今早却下楼来，像个男人一样开怀大嚼鸡蛋和咸肉。”

“我知道，比起昨天那糟糕的天气，今天就像天堂一样美好。鸥湾的早上很美，我要在身上涂好多油，晒成棕色。”

罗莎蒙德说：“嗯，鸥湾的早上是很美，而且比这边的海滨要安静多了。”

琳达有点害羞地说：“那你也来吧。”

罗莎蒙德摇摇头说：“今天就算了，我还有别的事要做。”

克莉丝汀·雷德芬走下楼来。她穿了一套宽大的海滩装，袖子很长，裤脚很宽，用绿底黄花的布料剪裁而成。罗莎蒙德很想告诉她说黄色和绿色这两种颜色与她那纤弱而有点贫血的面孔相配实在是不合适。罗莎蒙德不喜欢看见别人乱穿乱搭衣服，觉得克莉丝汀的衣着搭配太不着调了。她想：“如果由我出手来打扮这个女孩，很快就能让她的丈夫关注她。不管艾莲娜有多愚蠢，至少她还懂得怎么打扮；而这个女孩，看起来简直像棵枯萎的莴苣。”她高声说道：“好好玩儿去吧，我要到阳光崖看书了。”

赫尔克里·波洛像平常一样在自己房间里吃咖啡和面包卷当早餐。可是天气实在太好，他也比平常更早一些离开旅馆出门。那是在十点钟的时候，比他平时出门至少早了半个小时。他走到下面的海滨浴场，海滩上只有一个人。

那个人就是艾莲娜·马歇尔。她穿着紧身的泳装，头上戴着那顶中国式的绿帽子，正准备把一个白色的木筏推下水。波洛很殷勤地赶过去帮忙，完全不顾这样做会毁了他白色的小羊皮鞋。她斜眼瞥了他一下，向他道了谢。就在她把筏子划开时，又叫道："波洛先生。"

波洛一个箭步跳到水边。"夫人。"

艾莲娜·马歇尔说："帮我个忙，好吗？"

"请吩咐。"

她对他微微一笑，小声说："别告诉任何人说我在什么地方。"她目光中流露着恳求的神色，"每个人都想知道我去哪儿了，我就是想独自一人待着。"她用力地划了开去。

波洛走上海滩，自言自语地说：'哼，这话我可不相信。"

他根本就不相信这位艺名叫艾莲娜·斯图尔特的女人这辈子能有什么时候会想独自一人待着。像赫尔克里·波洛这样见多识广的人，一听这话就心知肚明。那还用猜吗？艾莲娜·马歇尔肯定是和人幽会去了，而波洛心里也很清楚那个人会是谁——至少他以为自己清楚。

不过很快他就知道自己在这一点上弄错了。因为就在那个筏子绕过湾岬消失不见之后不久，帕特里克·雷德芬和紧跟着他的肯尼斯·马歇尔一起由旅馆那边走下海滩。

马歇尔朝波洛点了点头。“早，波洛先生，有没有看到我太太？”

波洛避重就轻地答道：“夫人起得这么早吗？”

马歇尔说：“她没在她房间里。”他抬头看了看天。“天气真好，我应该现在就去游泳，今天早上还有好多事要做呢。”

帕特里克·雷德芬则暗暗扫视了一遍海滩。他在波洛身边坐下，准备等候他的意中人。波洛说：“雷德芬太太呢？她也起得很早吗？”

帕特里克·雷德芬说：“克莉丝汀吗？哦，她出去画画了，她最近对艺术很有兴趣。”他语气颇为不耐烦，显然是心不在焉。随着时间流逝，他变得越来越烦躁，很明显地表现出是在等艾莲娜出现。一听到身后传来脚步声，他就急忙回头去看是谁从旅馆出来了。

他一次又一次地大失所望。先是加德纳夫妇带着他们的编织物和书本出现，随之而来的是布鲁斯特小姐。加德纳太太还是那样勤奋，坐进她那张椅子之后，就开始一边拼命编织，一边滔滔不绝。

“波洛先生，今早海滩上的人好像特别少，人都到哪里去了？”

波洛回答说，那两家有孩子的客人都驾船出海了，估计要在海上玩一天。

“哦，难怪这么清静，听不见他们在这里追跑打闹了。

今天只有一个人在游泳，是马歇尔先生。”

马歇尔游完上岸，甩着毛巾走上海滩。“今天早上在海水里游泳真是舒服，”他说，“可惜我还有很多工作等着呢，得赶紧干活儿去。”

“为什么这么着急去工作？真是太可惜了，马歇尔先生，尤其今天的天气这么好。哎，昨天实在是太糟糕了。我跟加德纳先生说，要是天气仍然这么恶劣的话，我们只好离开这里了。你知道，岛上到处浓雾弥漫的时候人的心情就很郁闷，觉得四下里鬼气森森的。不过，我从小就对周围的气氛特别敏感，你知道，有时候我觉得自己非得扯着嗓子喊上一阵子才舒服一些。当然啦，我父母对此大为头疼。不过我妈妈很善解人意，她和我爸爸说：‘辛克莱，孩子要是喜欢这样发泄的话，我们就随她去吧，她愿意用这种方法表达自己的感受。’我爸当然同意，他对她言听计从，从不违拗她的意思。他们真是一对模范夫妻，我想加德纳先生也是这么认为的。他们真是一对珠联璧合的夫妇，对不对，奥德尔？”

“是，亲爱的。”加德纳先生说。

“令爱今天早上在哪里呀，马歇尔先生？”

“琳达？我不知道，我想她大概是在岛上的什么地方闲逛吧。”

“你知道，马歇尔先生，我觉得那个女孩子过于瘦弱。她生活上需要得到很好的照顾，而且要很细心温柔的照顾。”

肯尼斯·马歇尔生硬地说：“琳达好得很。”

他往旅馆方向走过去。帕特里克·雷德芬并没有下海游泳。他仍然坐在那里，明目张胆地朝旅馆那边望着，看起来似乎有些失落。

布鲁斯特小姐来了，脚步轻快，心情开朗。

大家继续闲聊着昨天那些话题。加德纳太太还是那样唠唠叨叨，布鲁斯特小姐有一句没一句地插着话，最后她说道：“海滩上好像没什么人啊，他们都出去玩了吗？”

加德纳太太说：“我早上还跟加德纳先生说，我们应该到达特穆尔去溜达一趟，那里又不远，而且很有浪漫情调。我也想看看那座关犯人的监狱——是叫王子镇监狱吧？是不是？我想我们最好马上安排一下，明天就去，奥德尔。”

加德纳先生说：“好的，亲爱的。”

赫尔克里·波洛对布鲁斯特小姐说：“你打算去游泳吗？”

“哦，我吃早饭以前已经下过一次水了。有人从旅馆房间窗口扔了个瓶子下来，差点砸中我的头。”

“唉，这可是太危险了！”加德纳太太说，“我有个好朋友，好好地在路上走着，就被上面扔下来的一个牙膏罐子打中了脑袋，得了脑震荡——那个罐子是从三十五楼的窗口扔下来的，这真是太危险了。他伤得很重。”她开始翻腾那堆毛线，“哎，奥德尔，我想我没带那种浅紫色的毛线。就在我们睡房五斗柜的第二个还是第三个抽屉里。”

“好的，亲爱的。”

加德纳先生温驯地站起身，去替她取毛线。加德纳太太继续唠叨着：“你们知道吧，有时候我确实认为我们前进的步伐也许太快了。所有那些伟大的发现，所有那些大气里无处不在的电波——我认为就是这些东西导致了人们的精神出现问题。我觉得人类到了该增加一些新知识的时候了，波洛先生，我不知道你对金字塔的预言有没有产生过兴趣。”

“没有。”波洛说。

“哎，我可以向你保证，那真是特别特别有趣。离莫斯科正南一千英里有个地方是——哎，现在叫什么名字来着？——是尼尼微[①]吧？去那里转一转，无论你怎么看，那里的奇迹都令人不可思议，你能看出那里必定是在某种特殊的指引下完成的，古代埃及人不可能靠自己的智慧完成那一切。要是你研究过那些关于数字的理论和反复出现的迹象，哎，再清楚不过了，我就不明白为什么还会有人不相信。”

加德纳太太自鸣得意地停了一下，可是波洛和布鲁斯特小姐完全不打算发表什么意见。

①尼尼微，古代亚述首都，现为伊拉克地名。

波洛懊恼地打量着他那双白皮鞋。艾米丽·布鲁斯特说："波洛先生，你穿皮鞋去蹚水了？"

波洛喃喃地道："真倒霉，我也没办法。"

艾米丽·布鲁斯特压低嗓音说："我们那位女妖精今早怎么没出现？她比平常晚了。"

加德纳太太抬眼瞧了瞧帕特里克·雷德芬，嘀咕道："他看起来满脸乌云，眼看就要雷霆大作了。啊呀！我觉得这件事真不怎么样，也不明白马歇尔先生心里是怎么想的，他确实是个安安静静的好人——一派英国人的风度，非常沉得住气，你根本猜不到他在打什么主意。"

帕特里克·雷德芬站了起来，开始在海滩上走来走去。加德纳太太喃喃地说："简直就像只老虎。"

三双眼睛看着帕特里克·雷德芬走来走去，使他浑身难受。他看起来越发失落了，情绪极差。一片寂静中，他们听到一阵轻轻的钟声从对面传来。艾米丽·布鲁斯特低声说："又开始刮东风了，能听到教堂的钟声是个好兆头。"

大家都不再说话。加德纳先生拿着紫色毛线回来了。"哎呀，奥德尔，你怎么去了那么半天？"

"对不起，亲爱的，不过毛线并不在五斗柜里，我是在你的衣柜架子上找到的。"

"是吗，那可太怪了，我记得我就是放在五斗柜抽屉里的。幸好我从来没有到法庭上当过证人，要是我有什么事记不清楚的话，还不得把人急死。”

加德纳先生说：“加德纳太太是个很谨慎的人。”

大约过了五分钟，帕特里克·雷德芬说：“布鲁斯特小姐，你今早去划船吗？介意我跟你一起去吗？”

布鲁斯特小姐热忱地说：“欢迎欢迎。”

“我们绕这个岛划一圈吧。”雷德芬建议。

布鲁斯特小姐看了看表。“还有时间吗？哦，还行，现在还不到十一点半。那就来吧，我们现在就去。”

他们一起走下海滩，帕特里克·雷德芬先划起来。他的动作十分有力，船飞快地离开岸边。布鲁斯特小姐赞赏地说：“好极了，让我们看看你是不是能一直坚持到底。”

他对着她大笑起来，显然兴致提高了。“那我们回来的时候，我恐怕满手都是水泡了。”他仰起头，把黑发甩到脑后，“谢天谢地，今天天气真不错！在英国要能赶上一个美好的夏日，真是千金也不换。”

艾米丽·布鲁斯特直率地说：“在我眼里，英国的任何东西都是千金不换的，世界上只有这个地方还可以住一住。”

“完全同意。”

他们绕过湾岬，向西划去。航行到悬崖下面，帕特里克·雷德芬抬头看了看。“今天早上有人上了阳光崖？那上面有把遮阳伞，不知道是谁在那儿？”

艾米丽·布鲁斯特说：“我想是达恩利小姐吧，只有她用那种日本阳伞。”

他们沿着海岸划去，左侧就是大海。艾米丽·布鲁斯特说：“我们应该从那边绕过去，这么走正好是逆流划船。”

“水流力量很小，我在这里游过泳，完全不受影响。反正从那边走也不行，海水是不会漫过堤道的。”

“当然，那要看潮水涨到多高。不过人们说，在精灵湾那边要是游出去太远的话，还是很危险的。”

帕特里克仍然很卖力地划着船，同时一直很专注地扫视着崖上。艾米丽·布鲁斯特突然想道：“他这是在找马歇尔的妻子，怪不得要跟我一起出来划船呢。她今早一直没露面，而他搞不清她的状况。没准儿她是成心的，就是要玩玩这种把戏——这就叫作欲擒故纵。”

他们绕过精灵湾南侧伸出的岩岬。那个海湾很小，临岸处有不少礁石，海湾朝向西北，大部分处在高耸的悬崖之下。这是一个很理想的野餐地点。上午太阳没照过来时，这里人迹稀少。

不过现在却有一个人躺在海滩上。帕特里克·雷德芬的动作停顿了一下，又继续划船。他故作随意地说：“喂，是什么人在那里？”

布鲁斯特小姐干巴巴地说：“看起来很像马歇尔太

太。”

帕特里克·雷德芬仿佛恍然大悟，说：“原来是她呀。”

他改变了航向，向岸边划去。

艾米丽·布鲁斯特表示反对：“我们可没打算在这里上岸，是吧？”

帕特里克·雷德芬飞快地答道：“哦，我们还有时间。”

他两眼盯住她——那种无辜的恳求神色，就像摇尾乞怜的小狗，弄得艾米丽·布鲁斯特不好再说什么。她心中暗想：“可怜的孩子，他真是身不由己。好吧，反正也无计可施，等时间长了他会忘记的。”

船很快地向海滩接近。艾莲娜·马歇尔脸朝下俯卧在沙石上，两手朝外摊开。那个白色木筏已被拉上岸，放在旁边。艾米丽·布鲁斯特不由得一阵迷惑，好像她看到一件似曾相识的东西，既熟悉又怪异。过了一会儿，她才明白问题所在。艾莲娜·马歇尔的姿态是在晒日光浴。她在旅馆前面的海滩上这样躺过好多次，晒成古铜色的四肢伸展着，那顶绿色的硬纸帽子遮着头和脖颈。

可是精灵湾的海边见不到太阳，即使再过几个钟头，阳光也照不到这里来，矗立在海滩后面的悬崖把上午的阳光全都挡住了。不祥之感在艾米丽·布鲁斯特心里油然而生。

小船触到沙滩停了下来，帕特里克·雷德芬喊道：“嗨，艾莲娜。”

这下子艾米丽·布鲁斯特感到情况果然有异，因为那个躺着的人既不动弹，也没反应。

艾米丽看到帕特里克·雷德芬脸色大变。他跳下船去，她也随之下了船。他们把船拖上岸后，就向悬崖下面那个僵硬沉默的白色人体走过去，帕特里克·雷德芬先赶到，艾米丽·布鲁斯特紧随其后。

她像做梦一样，恍惚中看到晒成古铜色的四肢，白色的露背泳装，翠绿色帽子下面露出的红色鬈发——除此之外，还有两只向外摊开的手臂，姿态十分古怪。此时，那具身体给她的感觉是，她不是自己躺下来的，而是被人随便扔在那里……她听到帕特里克的声音——饱受惊吓后的耳语。他跪在那僵硬的身子旁边，伸手摸了摸她的手，手臂……用微弱颤抖的声音说：“我的天，她死了……”

他将那顶帽子稍稍掀开一点，看到了她的脖子。

“天哪，她是被人掐死的……是谋杀。”

常常有这种瞬间，时间似乎凝固了，艾米丽·布鲁斯特如同置身幻境，听到自己的声音在说：“我们什么都别动……要等警察来。”

雷德芬很机械地回答：“是啊，是啊，当然是这样。”

然后用一种极度痛苦的声音喃喃道，“谁？这是谁？要对艾莲娜下这种毒手？她不能死，这不是真的！”

艾米丽·布鲁斯特摇摇头，不知道怎么回应他。她听见他深吸了一口气，压抑着怒气说道：“天哪，要是做这件事的人被我逮到……”

艾米丽·布鲁斯特哆嗦了一下，不由想到，如果那个凶手还躲在岩石后面……

她听见自己的声音说道：“不管是谁杀了人，肯定都已经跑了，我们一定要赶快找警察来，也许——”她犹豫着说，“我们应该留下一个人看着——看着尸体。”

帕特里克·雷德芬说：“我留下。”

艾米丽·布鲁斯特暗暗松了口气，她不是那种肯承认自己害怕的女人，可是她私下却觉得最好不要独自留在海滩上，万一那个可怕的杀人凶手还没走远呢。

她说：“好，我会尽快赶去。我还是划着船去吧，我没法爬上那道直梯。在莱德卡比湾就有警察。”

帕特里克·雷德芬机械地喃喃着：“好，好，你看着办吧。”

艾米丽·布鲁斯特用力将船划离岸边。她看见帕特里克跌坐在那个已死的女人身边，将头埋进双手，显得那么孤独绝望，令她不由自主地心生怜悯。他的姿态有如一只守着已死主人尸体的忠犬。

尽管如此，她健全的理智仍然很清楚地告诉自己：

“对他和他太太来说，这可是再好不过的事了——对马歇尔和他的孩子来说也一样，不过，我想他可不会这么认为，可怜的家伙！”

艾米丽·布鲁斯特是个对危机应对自如的女人。

第五章

科尔盖特警督站在悬崖边，等着法医检查艾莲娜的尸体。

帕特里克·雷德芬和艾米丽·布鲁斯特站在离他不远的地方。尼斯登大夫检查完毕，敏捷地站起身，说道："她是被掐死的，凶手的手很有劲。她并没怎么挣扎，可能完全出乎她的意料吧。嗯，呃，真是令人发指。"

艾米丽瞥了一眼那个死去女人的脸，就把目光转到别处。死者脸色发紫，非常难看。科尔盖特警督问道："能确定死亡时间吗？"

尼斯登不高兴地说："没有经过更仔细的检查是无法确定的，涉及的因素有很多。现在是差一刻一点，你们是什么时候发现尸体的？"

他直接问帕特里克·雷德芬，后者含糊地说："不到十二点吧。我不知道确切时间。"

艾米丽·布鲁斯特说："我们发现她死了的时候，正好是差一刻十二点。"

“哦，你们是划船过来的。那你们看到她躺在这里时是什么时间呢？”

艾米丽 · 布鲁斯特想了想。“我想我们从岩岬那边绕过来的时候，还要早个五六分钟吧。”她转头问雷德芬，“你说是不是？”

他含糊地说：“是，是，大概是那个时间，我想。”

尼斯登压低嗓音问警督：“他是死者的丈夫吗？哦！知道了，我搞错了，我还以为他就是呢。看起来他好像悲伤过度的样子。”他提高声音，打着官腔说，“现在我们把时间定在差二十分十二点。她的死亡时间也不会比这提前多少，大约是从那时候到十一点，差一刻十一点之间吧。不会比差一刻十一点更早了。”

警督“啪”地合上他的笔记本。“谢谢，”他说，“确定这些情况很重要，限定的时间相当紧凑，就在一个小时之内。”

他转向布鲁斯特小姐，说：“我想，目前我们知道的情况已经很清楚了。你是艾米丽 · 布鲁斯特小姐，这位是帕特里克 · 雷德芬先生，两位都住在海盗旗旅馆。你们指认这位太太是你们同一个旅馆的客人，马歇尔先生的太太？”

艾米丽 · 布鲁斯特点点头。

“那么，我认为，”科尔盖特警督说，“我们可以回旅馆去了。”

他招手叫来一名警员。“霍克斯，你守在这里，不准任何人靠近这个海湾。我随后就把菲利普也派来。”

“哎呀！”韦斯顿上校说，“真没想到在这里碰到你！”

赫尔克里·波洛彬彬有礼地回应了警察局局长的招呼。他轻声说：“可不是吗，自从圣卢镇那件案子[1]之后，已经过去好多年了。”

“尽管如此，我可从未忘记过那件案子。”韦斯顿说，“那简直太出乎我的意料了，我怎么也不明白你是怎么在葬礼那件事上瞒天过海的，那太匪夷所思了，整个案子都是，真是不可思议。”

“都一样，上校，”波洛说，“案情还是水落石出了，对不对？”

“呃，哎，也许吧。不过我敢说，如果以正规的办法去查的话，也还是会破案的。”

“那也不是没有可能。”波洛很委婉地表示同意。

“你现在又碰到谋杀案了。”警察局局长说，“怎么样，对这个案子有想法了吗？”

波洛慢慢地说道：“还没有什么明确的想法，不过这件案子很有意思。”

①指《悬崖山庄奇案》。

“打算助我们一臂之力吗？”

“你愿意吗？”

“亲爱的朋友，很高兴你肯帮忙。不过现在还不知道这件案子是不是要交给苏格兰场去办。目前看起来，凶手肯定就在这有限的范围之内。不过即使如此，这些人全都是从外地到这里来的，要了解他们的情况和动机，非得去伦敦不可。”

波洛说：“嗯。是这样的。”

“首先。”韦斯顿说，“我们一定要找出谁是最后一个看到那位太太还活着的人。女佣九点钟给她送了早餐。楼下前台的女孩看到她大约十点钟经过休息室走出去。”

“我的朋友，”波洛说，“我猜你要找的那个人就是我。”

“你早上看到过她？什么时候？”

“差不多十点零五分的时候，我帮她在海水浴场那边把筏子推下水。”

“然后她就划着筏子走了？”

“是的。”

“一个人吗？”

“是的。”

“你看到她往哪个方向去？”

“她划过去绕过了右边的岩岬。”

“就是往精灵湾那个方向？”

“是的。”

“那时候的时间是——”

“我认为她实际离开海滩的时候是十点一刻。”

韦斯顿想了想。“时间很符合，你估计她把筏子划到精灵湾要多少时间？”

“哦，我可不是这方面的行家。我既不会划船，也不会划筏子。也许要半个小时吧？”

“我估计时间也差不多。”警察局局长说，“我猜她应该是不慌不忙地划过去的。呃，假如她是在差一刻十一点左右到那里的话，时间也对得上。”

“法医认为她是什么时候死的？”

“哦，尼斯登确定不了。他是个很谨慎的人，他只说最早不会超过差一刻十一点。”

波洛点点头。他说：“还有一点我必须告诉你，马歇尔太太在离开的时候，让我不要跟别人说见过她。”

韦斯顿瞪大眼睛说：“啊，这很有些耐人寻味，是不是？”

波洛低声说：“唔，我也这么认为。”

韦斯顿捻着胡子说：“听着，波洛，你见多识广，马歇尔太太到底是个什么样的人呢？”

波洛的唇边浮出一丝微笑。他问道：“你难道没听别人说过吗？”

警察局局长冷淡地说：“我知道那些女人怎么说她，

她们一定会那样说的。那些话到底有多少可信度呢？她跟那个叫雷德芬的家伙到底有没有什么暧昧？”

“我敢说确实有。”

“他是追随着她到这里来的吧，嗯？”

“有充分的理由这样说。”

“那个做丈夫的呢？他知不知道这件事？他有什么感受呢？”

波洛慢慢地说道：“要想知道马歇尔先生有什么感受或想法，那可不太容易，他是一个喜怒不形于色的人。”

韦斯顿犀利地指出：“不管怎么说，他总还是个有喜怒哀乐的人吧。”

波洛点点头说，“哦，是的，他是有这类情绪。”

这位警察局局长在盘问卡斯尔太太时，显得异常机智圆滑。

卡斯尔太太是海盗旗旅馆的老板和业主。她四十岁上下，胸部丰满，一头火红的头发，说起话来字斟句酌，滴水不漏。

她说：“我的旅馆怎么会发生这种事！我一直认为本地应该是你能想象到的最像世外天堂的地方了！来的客人全都是绅士淑女，没有什么三教九流的人——我想你明白我的意思。这里可不像圣卢一带那些大饭店。”

“说得很对，卡斯尔太太，”韦斯顿上校说，“可是再好的旅馆，也会有意外事件发生。”

“我相信科尔盖特警督可以为我说的话作证。”卡斯尔太太说着，朝正襟危坐在一边的警督送去一个哀婉的秋波，“而且我特别注意遵守各种法律规定，从来没有做过任何违规的事。”

“是啊，是啊，”韦斯顿说，“我们并没有怪你，卡斯尔太太。”

“可是这会大大影响我们旅馆的声誉啊。”卡斯尔太太说，她丰满的胸脯起伏不定，“我一想到那些好奇的人会闹哄哄地拥到这里，就……当然啦，不是住店的客人是不许上岛的——可那又怎么样，那些人肯定会在对岸对着我们指指点点。”说到此处，她不寒而栗。

科尔盖特警督抓住这个机会，赶紧把话题转到自己要问的问题上。他说：“你刚才说到禁止闲杂人等到岛上来，你怎么能把他们拒之岛外呢？”

“我自有办法。”

“是吗，是什么办法呢？怎么拦住他们？夏天到处都有人下水游泳，你防不胜防。”

卡斯尔太太又微微颤抖了一下。她说：“都怪那些大游览车。有一次我在莱德皮卡湾看到堤路上挤着十八个人，十八个人啊！”

“就是啊，你怎么拦住他们？”

“我们贴了告示。另外，当然了，涨潮的时候，我们就跟陆地隔绝了。”

“就是啊，可是退潮的时候呢？”

卡斯尔太太解释道，在堤路近岛这端有一扇门，上面有告示说：“海盗旗旅馆，私人领地，非住客严禁入内。”而堤路两边全是冒出海面的礁石，是无法攀缘的。

“尽管如此，但任何人都可以弄条小船吧。我估计，划着船绕过去就可以在那个小海湾上岸，这一点你可无法制止。人们都有权到海滩上去，潮涨潮落之间，你拦不住他们去海滩。”

“可是这种事似乎很少发生。在莱德皮卡湾港口的确可以弄到小船，但从那里划到岛上有一大段距离，而且莱德皮卡湾的港口外有一股强劲的洋流。鸥湾和精灵湾也都在下水梯子附近贴有警示通告。”她又补充说，“乔治或威廉经常会在离大陆较近的海水浴场上巡逻瞭望。”

“乔治和威廉是什么人？”

“乔治负责海水浴场，照管着客人和筏子。威廉是园丁，他负责管理所有的小路、标记、网球场什么的。”

韦斯顿上校不耐烦地说：“行了，情况已经够清楚了，外面的人并不是进不来，只是如果要进来的话有很大的风险——很可能会被人看见。我们还要跟乔治和威廉谈谈。”

卡斯尔太太说：“我不喜欢那些一日游的游客——他们吵吵闹闹的，经常在堤路和礁石上乱丢橘子皮和香烟盒。可我也绝不会觉得他们之中会有人变成杀手。哎呀！这事说起来真是太可怕了，像马歇尔太太这样的人会死于非命，更恐怖的是，呃，是被掐死的……”

卡斯尔太太说到后来简直语不成声，好不容易才吐出那个“掐”字。

科尔盖特警督抚慰地说：“嗯，确实太糟糕了。”

“还有报纸呢，我的旅馆会上报！”

科尔盖特微笑道：“哦，在某种程度上说，也算是广告吧。”

卡斯尔太太挺直腰背，胸口起伏着，冷冰冰地说：“这可不是我想要的那种广告，科尔盖特先生。”

韦斯顿上校插嘴道：“呃，卡斯尔太太，我请你列的旅客名单准备好没有？”

“好了，局长。”

韦斯顿上校拿过旅客登记簿，看了一眼和他们一起走进经理室的波洛。“现在该请你出马帮把手了。”他浏览了一遍名单，“工作人员呢？”

卡斯尔太太拿出另外一张纸。“一共有四个女佣、侍者领班和他的三个手下，还有酒保亨利。威廉负责擦皮鞋，还有个厨娘，带着两个助手。”

“侍者是些什么人？”

“哦，领班叫艾伯特，是从普利茅斯的文森特大饭店来的，在这里工作好几年了。他的三名手下也都来了三年——其中还有一个已经干了四年，都是很好的小伙子，体面人。亨利自从旅馆开业就一直在这里工作，能干得很。”

韦斯顿点了点头，对科尔盖特说：“听起来没什么问题。当然啦，你还是得再询问他们一下。谢谢你，卡斯尔太太。”

“你问完了？”

“暂时这样吧。”

卡斯尔太太走出房间。韦斯顿说：“首先我们要跟马歇尔先生谈谈。”

肯尼斯·马歇尔安静地坐着，逐一回答着警官的问题，除了表情比较僵硬之外，他表现得相当冷静。窗口透进的阳光从侧面照耀着他，可以看出他是个英俊的男人：五官端正，眼神沉静，嘴唇线条坚毅，声音低沉悦耳。

韦斯顿上校说：“马歇尔先生，我理解你的心情，你一定受到了沉重打击，感到非常震惊。但你知道我急于充分了解情况，尽快得到所有的资料。”

马歇尔点点头说：“我知道，你问吧。”

“马歇尔太太是你第二任妻子？”

“是的。”

“你们结婚多久了？”

“刚满四年。”

“她婚前的本名是什么？”

“海伦·斯图尔特，艺名叫艾莲娜·斯图尔特。”

“她是演员吗？”

“她演滑稽剧和歌舞剧。”

“她是不是因为和你结婚而退出了舞台？”

“没有，她婚后还继续登台演出。她实际退休是在大约一年半以前。”

“她退出舞台有没有什么特殊原因呢？”

肯尼斯·马歇尔好像考虑了一下。“没有，”他说，“她只是说自己觉得厌倦了。”

“不是——呃，因为顺从你的意思吧？”

马歇尔眉毛一扬。“啊，不是的。”

“你对她在婚后继续演出的事没有意见吗？”

马歇尔淡淡一笑。“我当然希望她放弃演出，不过我并没有要求什么。”

“这件事没有引起你们夫妻不和？”

“当然没有，我太太可以随心所欲。”

“你们的婚姻——很美满吗？”

肯尼斯·马歇尔冷冷地说：“当然。”

韦斯顿上校停了一分钟，然后说道：“马歇尔先生，你觉得谁有可能会杀你太太？”

没有一秒钟的迟疑，他应声答道：“完全不知道。”

“她有没有敌人呢？”

“可能有。”

“怎么说？”

马歇尔很快接下去说：“别误会，局长，我太太是个女演员，她也是一个漂亮女人，在这两方面她都会招来某种程度的羡慕和嫉妒。有时为了争一个角色——肯定要和其他女人竞争——应当说，总会有人对她带点嫉妒、憎恨、恶意，而且也很无情，可那并不意味着有人会蓄意谋杀她。”

赫尔克里·波洛这时第一次插嘴：“你的意思是说，她的敌人大部分，或者说全都是女人？”

肯尼斯·马歇尔看了他一眼。“不错，”他说，“正是如此。”

警察局局长说道：“你知道有什么男人对她心怀恶意吗？”

“不知道。”

“这个旅馆的其他客人里，有没有人在来这里之前就是她的熟人？”

“我想她以前遇见过雷德芬先生——在一个什么酒会的场合。其他人我就不知道了。”

韦斯顿停下来，似乎在考虑是不是该就这个问题再问下去，之后他决定换个方向。他说：“我们来谈谈今天早上的事。你什么时候见到你太太最后一面的？”

马歇尔停了一分钟，然后说：“我在下楼吃早饭的时候到她房间去看了一眼——”

“对不起，你们各人有自己的房间？”

“是的。”

“那时候是几点钟？”

“应该在九点左右。”

“她当时在做什么？”

“她正在拆邮件。”

“她说了什么吗？”

“没有，就说了声早，今天天气很好，诸如此类的吧。”

“她的态度如何？有没有表现异常？”

“没有，完全正常。”

“她看起来有没有兴奋、沮丧或是不安之类的情绪？”

“我完全没有注意到。”

赫尔克里·波洛说：“她有没有提到邮件的内容？”

马歇尔嘴角又露出一丝淡淡的微笑。他说：“我记得她说那些全是账单。”

“你太太在床上吃早餐吗？”

“是的。”

“她总是这样吗？”

“一贯如此。”

赫尔克里·波洛说：“她通常几点钟下楼？”

“哦，十点到十一点之间吧，通常更接近十一点。”

波洛继续问："那么要是她十点整下楼来，那会很出人意料吧？"

"不错，她很少会那么早下楼的。"

"可今早她却是如此。你想是因为什么事呢，马歇尔先生？"

马歇尔无动于衷地说："我想不出来是怎么回事，恐怕是因为天气吧，今天的天气特别好。"

"你后来没有再见过她？"

肯尼斯·马歇尔在椅子上欠了下身子，说："吃过早饭之后我又去看了一次，她房间里没人，我觉得有点奇怪。"

"然后你到了下面海滩上，问我有没有看到她？"

"呃，是的。"然后他略略加重了点语气说，"你说你没有……"

赫尔克里·波洛一脸无辜，眼睛连眨也没眨一下。他不紧不慢地摸着他既醒目又卷翘的胡髭。

韦斯顿说："你早上去找你太太有没有什么特殊的原因？"

马歇尔的目光转到这位局长脸上。他说："没有，只是奇怪她到哪里去了而已。"

韦斯顿又停下来，将椅子微微挪动了一下，换了个语调说："马歇尔先生，你刚才提到你太太和帕特里克·雷德芬先生以前就是熟人，他们俩究竟有多熟？"

肯尼斯·马歇尔说："我可以抽烟吗？"他在口袋里摸索着，"该死！我又不知把烟斗放在哪里了。"

波洛递给他一支香烟。他接过去点上，说道："你问到雷德芬，我太太告诉我，她是在鸡尾酒会或者类似的场合认识他的。"

"那么，只是点头之交了？"

"我想是的。"

"自那以后——"局长停了一下，"据我了解，他们之间的交往变得比以前亲密多了。"

马歇尔语气犀利地问："据你了解？从谁那儿了解的？"

"旅馆里大家都这样说。"

马歇尔看看赫尔克里·波洛，目光冷峻而气愤。他说："旅馆里传的闲话大多是胡说八道。"

"有可能。不过据我所知，雷德芬先生和尊夫人有些行为也给人提供了说闲话的材料。"

"什么行为？"

"他们一直形影不离。"

"就因为这个？"

"你并不否认有这种事吧？"

"就算有吧，我实在没有注意。"

"你并不——对不起，马歇尔先生——你并不反对你太太和雷德芬先生交往？"

"我没有干预我太太的习惯。"

"你既没有抗议，也没有反对？"

"当然没有。"

"即使在事情演变为丑闻，并导致雷德芬先生与他太太的关系越来越紧张的情况下，你也不发表任何意见吗？"

肯尼斯·马歇尔冷冰冰地说："我只关心我自己的事，也希望别人只关心他们自己的事，我是从来不听闲话和谣言的。"

"你并不否认雷德芬先生很爱慕尊夫人吧？"

"有这种可能性，大部分男人都如此。她是个非常漂亮的女人。"

"可是你本人却觉得他们之间的交往并没有什么暧昧之处？"

"我告诉过你，我根本不会往那方面想。"

"假如我们有个证人可以证明他们之间的亲密关系非同一般呢？"

马歇尔的蓝眼睛盯着赫尔克里·波洛，平时不动声色的脸上，已然露出不悦的表情。

马歇尔说："你如果愿意听那些闲话就听吧。我太太已经死了，她也不能再为自己辩白。"

"你的意思是说，你本人并不相信那些闲话？"

马歇尔的脑门上第一次渗出汗珠。他说："我没打算相信这种事。”他继续说，“你这不是扯得太远了吗？我相信什么或不相信什么，和我太太被谋杀这件显而易见的事有关系吗？”

赫尔克里·波洛趁着其他两人都没来得及开口，抢先说道：“你不了解，马歇尔先生，世界上没有所谓显而易见的谋杀案。十有八九，谋杀都与死者的性格和环境有关。因为被害的他或者她是某种类型的人，所以才会遭到谋杀！如果我们不能充分而且准确地了解艾莲娜·马歇尔是什么类型的人，我们就不能清晰而准确地判断凶手会是什么类型的人。而要充分了解她，我们必须要问清楚刚才这些问题。”

马歇尔转头问警察局局长：“你也这么认为？”

韦斯顿犹豫了一下，说：“呃，在某方面来说，我是同意的——也就是说……”

马歇尔短促地笑了一声，说：“我想你是不会同意的。我相信，只有波洛先生才擅长搞这些性格环境什么的玩意儿。”

波洛微笑道：“你没有给我提供任何有用的信息，至少这让你很开心吧。”

“你这话是什么意思？”

“你对我们说了什么有关你太太的情况了吗？基本上什么都没说。你说的那些，人人都看得见。她长得漂亮，人家很爱慕她，其他就无可奉告了。”

肯尼斯·马歇尔耸耸肩膀，就说了一句："你疯了。"

他望向警察局局长，加重语气问道："你还想让我告诉你什么？"

"不错，马歇尔先生，请你告诉我你本人今天早上的所有活动。"

肯尼斯·马歇尔点点头，显然他早想到会有此一问。

他说："我像往常一样，大概九点钟下楼吃早餐和看报纸。我刚才告诉过你们的，后来我又上楼到我太太房间去，发现她已经出去了。我下楼去了外面的海滩，看到波洛先生，问他是否见到我太太了。然后我游了一会儿泳，又回到旅馆，那时候是——我想想看，大约差二十分钟十一点吧。嗯，大概是那个时候，我看过大厅里的钟，刚过十点四十。我回到自己房间，女佣还没打扫完屋子，我让她赶紧打扫，我还要打几封邮件，赶着邮寄出去。我又下了楼，在酒吧和亨利聊了一两句，在十点五十分时再回到房间，开始打邮件，一直打到十一点五十分。之后，我换上网球装，因为约好十二点钟要去打网球，我们头一天订好了场地的。"

"你说的'我们'是哪些人？"

"雷德芬太太、达恩利小姐、加德纳先生和我。我十二点钟下楼，去了网球场，达恩利小姐和加德纳先生已经到了。雷德芬太太迟到了几分钟。我们打了一小时网球。一回到旅馆，我，我就听到了这个消息。"

“谢谢你，马歇尔先生。我们还要照章办事地问一句：有没有人能证明你在房间里打字，从——呃，十点五十分到十一点五十分之间？”

肯尼斯·马歇尔淡然一笑。“你是不是认为我杀了自己的妻子？我想想看，女佣在打扫附近的房间，应该能听到打字机的声音。我打的那几封信也可以作为证明，因为发生了后来这些乱七八糟的事，那几封信还没来得及寄出，我想这些都是很好的证据吧。”

他从口袋里掏出三封信，信封上已经写好地址，但还没贴邮票。他说：“顺便说一句，这些信件的内容涉及隐私，可是既然发生了谋杀案，我也只好相信警方会为之保密了。信件里包括不少数字清单和财务资料。我想你如果派人打一份同样的邮件，就会发现一个小时之内是肯定打不完的。”他略停一下，“满意了吗？我希望你们满意。”

韦斯顿很淡定地说：“我们问这些问题并不是怀疑谁是嫌疑犯。在岛上的每一个人都要说明自己今天早晨从十点四十五到十一点四十这段时间里的活动。”

肯尼斯·马歇尔说：“那就好。”

韦斯顿说：“还有一件事，马歇尔先生，你知道你太太会如何处理她的遗产吗？”

“你是说她的遗嘱？我想她根本没有写遗嘱吧。”

“可是你并不能确定？”

“她的律师是贝德福广场的巴克特、马克特和艾普古德法律事务所，他们负责她所有的合约事务。不过我很确定她从来没立过遗嘱，她曾经说过做这种事会让她感到不寒而栗。”

“在这种情况下，既然没有遗嘱，去世之后，作为她的丈夫，你就能继承她的全部财产了？”

“嗯，我想是这样的。”

“她还有别的近亲吗？”

“我想没有吧。即使有，她也从未提起过。我所知道的就是在她是个孩子的时候父母就过世了，而且她没有兄弟姊妹。”

“这样说来，我想，她没有多少遗产了？”

肯尼斯·马歇尔冷冷地说：“恰恰相反，两年前，罗杰·厄斯金爵士，她的一个老朋友，把他的大部分财产都遗赠给她了，我想，总数大约有五万镑吧。”

科尔盖特警督抬起头，眼里露出警觉的神色。到目前为止，他一直没有说话，现在他开口了：“那么，马歇尔先生，你太太实际上是个有钱的女人了？”

肯尼斯·马歇尔耸了耸肩膀说。“我猜她还真的是。”

“你仍然说她没有立过遗嘱？”

“你们去问她的律师吧，不过我敢肯定她没有立过，正像我刚才告诉过你的那样，她认为那样做不吉利。”他略停一下，问道，“还有事吗？”

韦斯顿摇摇头。“我想没有了——呃，科尔盖特？没有了，马歇尔先生，让我们再一次向你致以哀悼。”

马歇尔眨眨眼睛，有点意外地说：“啊——谢谢。”

他走了出去。

留下的三个人面面相觑。韦斯顿说：“此人真是冷静，说起话来滴水不漏。你觉得他怎么样？科尔盖特？”

警督摇了摇头说：“很难说，他不是那种外向张扬的人，这种人出庭作证时让人感觉很不好，其实这对他们来说并不公平。有时候他们心里翻江倒海，脸上却风平浪静。这种态度容易误导陪审团做出有罪判决。这无关证据，他们只是不相信一个人在太太被谋杀之后谈起此事，还能如此心平气和，若无其事。”

韦斯顿转头问波洛：“你怎么说？波洛。”

赫尔克里·波洛举起两手，说：“有什么好说的？他守口如瓶，像只合紧了的蛤蛎。他已经找好了自己的应对之道，就是一问三不知，一无所闻，一无所见，一无所知。”

“我们已经了解到存在着多种杀人动机，”科尔盖特说，“有嫉妒，有金钱。当然啦，在某程度上说，丈夫的嫌疑最重，人们第一个怀疑的就是他，这很正常。如果他知道自己的太太与别的男人有什么——”

波洛插嘴说："我认为他是知道的。"

"有什么理由吗？"

"有啊，我的朋友，昨天晚上我和雷德芬太太在阳光崖上聊了会儿天，然后离开那里走回旅馆。半路上我见到了那两个人——就是马歇尔太太和帕特里克·雷德芬，他们正在一起。过了没多久，我又碰到马歇尔，他紧绷着脸，毫无表情——过于没有表情了，简直可以说空空如也，我不知道你是不是明白我的意思。啊！他显然已经心知肚明。"

科尔盖特带点儿疑问地哼了一声，说："啊，好吧，要是你认为是这样——"

"我确信是这样！可是，即使如此，又能说明什么呢？谁知道肯尼斯·马歇尔心里对他太太是怎么想的？"

韦斯顿上校说："不动声色地杀了她。"

波洛摇头表示异议。科尔盖特警督说："有时候这些沉默寡言的人其实是最心狠手辣的家伙，但深藏不露。他可能会爱她爱得发疯——也嫉妒得发疯，但并不会把心里的事全放在脸上。"

波洛慢吞吞地说："不错，是有这种可能。这位马歇尔先生实在挺有意思的，我对他很感兴趣，也对他的不在场证明很感兴趣。"

"用打字机来提供不在场证明。"韦斯顿发出一声短笑，"你对这一点怎么看？科尔盖特？"

科尔盖特警督眼睛一翻，说：“哎，你知道的，局长，我对他这个不在场证明还真有点想法。那证明并不怎么有说服力，你明白我的意思吧？可又相当有说服力——相当自然，要是我们能找到在旁边房间打扫的女佣，而她也的确听到了打字机工作的声音，那我觉得就没问题了，我们得换个方向调查。”

“嗯。”韦斯顿上校说，“你打算转到什么方向去调查呢？”

三个人都在思考，科尔盖特警督首先开口。他说：“这取决于一点——凶手是从外面来的，还是旅馆的客人？注意，我并不完全排除凶手是旅馆雇员的可能性，可是我认为他们根本不可能与此案有什么牵连。不会的，我觉得只能是旅馆里的客人，要不就是从外面来的什么人作的案。我们得从这个思路入手去调查。首先要弄清楚的是——动机。谁是受益者？似乎只有一个人因为这位太太去世而受益，那就是她的丈夫。除此之外还有什么别的动机呢？首先就是嫉妒，最主要的还是嫉妒。在我看来，如果你要找什么犯罪激情，你只要睁眼看看，”他向波洛微一鞠躬，“这就是。”

波洛两眼望着天花板，喃喃地说：“激情有许多种。”

科尔盖特警督继续说道：“她的丈夫不承认她有敌人，真正恨她的人，我是半点儿也不信！我认为像她这样的女人一定，呃，一定会树敌，而且是那种聪明恶毒的敌人。

波洛先生，你怎么说？”

波洛回答道：“哦，不错，也对。艾莲娜很容易树敌，不过在我看来，用敌人论来解释案情也未必合理。你也知道，警督，我想，与艾莲娜·马歇尔为敌的人，就像我刚才说的那样，总是些女人。”

韦斯顿哼了一声。“有道理，捅她刀子的一定是女人。”

波洛继续说道：“但这个案子的凶手不可能是女人。法医是怎么说的？”

韦斯顿又哼了一声。他说：“尼斯登断言说是个男人掐死她的，手很大，很有劲。当然，也不排除是个孔武有力的女人干的，可是看来实在不像。”

波洛点了点头。“一点儿不错，在茶里下砒霜，在巧克力糖里下毒，用刀甚至用手枪……可是要掐死人，不可能！我们要找的凶手是个男人。”他继续说道，“这样一来，事情就更复杂了。这个旅馆里有两个人想把艾莲娜·马歇尔从眼前清除掉——但这两个都是女人。”

韦斯顿上校问道：“我想，雷德芬的太太是其中一个吧？”

“是的，雷德芬太太很可能有杀了艾莲娜·斯图尔特的打算。我们可以说，她有充分的理由这么做。我认为，雷德芬太太是有可能动手杀人的，但她不会选择这样的方法，因为她虽然既不快乐，又很嫉妒，我却认为她不是有强烈激情的人。在爱情上，她会很投入，真诚——但不会很冲动。我刚刚也说过——在茶里下毒，有可能；用手扼杀，绝不会。在体力上她也干不了掐死人这种事，何况她的两只手比一般人要小得多呢。”

韦斯顿点点头说：“这不是女人的犯罪方式，凶手是男人。”

科尔盖特警督咳嗽一声道：“我先说说另一个推理。比方说，在认识雷德芬先生之前，死者和另外一个男人有暧昧关系，我们姑且称那个男人为 X 先生，她为了雷德芬而甩了 X 先生，X 先生对此十分气愤和嫉妒，就尾随着她到了这里，躲在附近，然后到了岛上，伺机把她干掉。这也是一种可能性！”

韦斯顿说：“是有这种可能性。如果真的是这样，也不难证明。他是走过来的还是划船过来的？后者的可能性更大一些。果真如此，他想必要在什么地方租条船，你最好去调查调查。”他看了看波洛，“你认为科尔盖特这个说法怎么样？”

波洛缓缓地道：“这种说法还是有不少漏洞的，再说——整个事情看起来好像雾里看花，看不清楚眉目。你知道，我很难想象出那个男人……你说的那种因为愤怒和嫉妒而发疯的男人。”

科尔盖特说：“不过，的确有人被她弄得神魂颠倒，先生。你只要看看雷德芬。”

“不错，不错……可是我总是觉得——”

科尔盖特探询地望着他。波洛摇摇头，皱起眉头说道：“在哪里，有些什么事我们没有注意到……”

第六章

韦斯顿拿了旅馆的旅客登记簿，大声念出来。

考恩少校及夫人
帕米拉·考恩小姐
罗伯特·考恩先生
伊万·考恩先生
　　雷德山，莱瑟赫德镇

马斯特曼先生及夫人
爱德华·马斯特曼
珍妮弗·马斯特曼小姐
罗伊·马斯特曼先生
弗雷德里克·马斯特曼先生
　　马尔伯乐大道五号，伦敦，西北区

加德纳先生及夫人

纽约

雷德芬先生及夫人

克劳斯门，赛尔顿，雷斯堡王子市

巴里少校

卡顿街十八号，圣詹姆斯，伦敦西南一区

贺拉斯·布拉特先生

皮克斯街五号，伦敦东部中二区

赫尔克里·波洛先生

伦敦怀特黑文大厦，伦敦西一区

罗莎蒙德·达恩利小姐

卡丁甘大厦八号，西一区

艾米丽·布鲁斯特小姐

南门街，泰晤士河森伯里区

斯蒂芬·兰恩牧师

伦敦

马歇尔先生及夫人

琳达·马歇尔小姐

厄普科特大厦七十三号，伦敦西南七区

他停了下来。科尔盖特警督说：“局长，我想最前面两家可以忽略，卡斯特尔太太告诉我，这两家人每年都带着孩子到这里来度假。他们今天一早就去玩海上一日游，是带了午餐去的，刚过九点就动身了。驾船带他们出去的人叫安德鲁·巴斯顿，我们可以找他问问。不过我觉得现在就可以把他们从名单上面剔除了。”

韦斯顿点点头。“同意，我们逐一排查每个人吧。波洛，其他的人你能不能大略向我们说明一下呢？”

波洛说：“只是表面形容一下，那很容易。加德纳夫妇是一对中年已婚夫妇，性情开朗，喜欢旅游，太太特别爱说话，一张口就滔滔不绝，丈夫只有默默点头的份儿。他喜欢打网球和高尔夫。其实他也有种冷幽默，相当吸引人，不过那得在只有他一个人的时候才会表现出来。”

“听起来没什么问题。”

“下面一对，雷德芬夫妇。雷德芬先生很年轻，招女人喜欢，是个游泳高手，网球打得出色，还精通跳舞。他的太太我刚才已经跟你说过了，她是个安静的人，具有那种苍白的美。我想她非常爱她的丈夫，她还有些艾莲娜·马歇尔不具备的东西。”

"是什么呢？"

"头脑。"

科尔盖特警督叹了口气说："头脑无法对抗鬼迷心窍的激情。"

"也许吧，不过我认为帕特里克·雷德芬虽然被马歇尔太太迷得神魂颠倒，却还是真心在乎他太太的。"

"不是没有可能，这种情况以前也有过的。"

波洛喃喃地说："可惜的是，女人很难相信这一点。"他继续说道，"巴里少校原先在印度服役，现在已经退伍了，喜欢女人，喜欢讲又臭又长的故事。"

科尔盖特警督叹了口气。"你不必多说，这种人我也见识过几个。"

"贺拉斯·布拉特先生，显而易见是个有钱人。他特别爱说话——说的都是自己的事。他希望和大家做朋友，可悲的是，大家都不是很喜欢他。另外还有一件事，布拉特先生昨晚问了我很多问题，一副惴惴不安的样子。是的，布拉特先生有点不对劲。"他停顿了一下，然后换了个声调继续说道，"下面一位是罗莎蒙德·达恩利小姐，她是罗斯蒙德服饰公司的老板，自己也是著名服装设计师。我该怎么形容她呢？她有头脑，风度迷人，也很时尚，让人赏心悦目。"他略顿一下，又说道，"她是马歇尔先生青梅竹马的老朋友。"

韦斯顿在椅子上坐直了身子。"啊，真的吗？"

“是的，不过他们有许多年没见面了。”

韦斯顿问道：“她原先知道他要到这里来吗？”

“她说不知道。”波洛停了停，继续说道，“接下来是谁？布鲁斯特小姐。我对她倒是有点疑虑，”他摇摇头，“她的声音像个男人，鲁莽直率，也很健壮。她会划船，高尔夫球也打得不错。”他顿了顿，“不过，我想她是个心地善良的人。”

韦斯顿说：“剩下的只有斯蒂芬·兰恩牧师了，他是什么人？”

“我只能告诉你一件事，他是个精神高度紧张的人。我认为，他也是个狂热分子。”

科尔盖特警督说：“哦，那种人。”

韦斯顿说：“就是这些人了！”他看了看波洛，“你好像在想什么心事，朋友。”

波洛说：“嗯，因为马歇尔太太今早离开海滨的时候，叫我不要告诉任何人见到过她，我马上意识到的是：她与帕特里克·雷德芬的关系在她和她丈夫之间惹出了麻烦。我以为她和帕特里克·雷德芬在什么地方有个约会，但希望避过她丈夫的眼睛。”

他停了停。“不过你知道的，在这一点上我弄错了，因为，虽然她丈夫紧接着就来了海滩，向我打听有没有见到她，但帕特里克·雷德芬也同时来了，而且很明显也在到处找她！所以，朋友们，我现在要问自己的是：艾莲娜·马歇尔去见的人，究竟是谁呢？”

科尔盖特警督说：“这正符合我的看法，那是个从伦敦还是什么别的地方来的男人。”

赫尔克里·波洛摇摇头说：“可是，按照你的推理，艾莲娜·马歇尔已经抛弃了这位神秘人物，那她何必煞费苦心地去和他相会呢？”

科尔盖特警督也摇摇头。他说：“那你认为会是什么人呢？”

“我现在还很难想象。我们刚才已经把旅馆客人的名单念过一遍，都是中年人，很无趣。其中有哪一个对艾莲娜·马歇尔的吸引力会超过帕特里克·雷德芬呢？不可能。可是，话虽如此，她的确是见什么人去了——而这个人又不是帕特里克·雷德芬。”

韦斯顿喃喃地说道：“你认为她不会只是一个人出去吗？”

波洛摇了摇头，说：“你这样说，是因为你没有见过那个已经去世的女人。有人曾经写过一篇论文，谈到独处对不同性格的人产生的不同影响。我亲爱的朋友，艾莲娜·马歇尔根本就不会独处的，她只生活在男人对她的爱慕中。艾莲娜·马歇尔今天早上是去见什么人的，那个人到底是谁？”

* * *

韦斯顿上校叹了口气，摇摇头说："唉，我们以后再谈理论，现在先接着询问，一定要把每个人的活动情况白纸黑字地落实清楚。我想现在最好先见见马歇尔的女儿，说不定她可以告诉我们一些有用的资料。"

琳达·马歇尔手足无措地走进房间，还在门框上撞了一下。她急促地呼吸着，两眼瞳孔放大，看起来像一匹惊恐的小马。韦斯顿上校禁不住对她心生怜爱。他想："这可怜的孩子毕竟还是小孩子呢，她一定被这件事吓坏了。"

他拉过一把椅子，用抚慰的语气说："很抱歉把你叫过来问话。你是——琳达，对吗？"

"是的，我是琳达。"

她的声音里有种怯弱的味道，高中女孩常有这种嗓音。她双手无助地放在面前的桌上——作为女孩，她的手偏大偏红，骨节粗大，手腕很长，看着就让人心生同情。韦斯顿想："不该让孩子卷到这种事里。"

他用抚慰的语气说："放松点儿，别紧张，你只要把你了解的、对我们可能有用的那些事告诉我们就行了。"

琳达说："你是说——关于艾莲娜的事？"

"是的。你今天早上看到她了吗？"

小女孩摇摇头。"没有，艾莲娜一向很晚才下楼，她通常在床上吃早餐。"

赫尔克里·波洛说："那你呢？小姐。"

"哦，我起床早得很，在床上吃早餐有什么意思？"

韦斯顿说：“你能不能告诉我，今天早上你都做了些什么？”

“呃，我先去游了会儿泳，然后吃早饭，再跟雷德芬太太去了鸥湾。”

韦斯顿说：“你什么时候和雷德芬太太动身的？”

“她说她十点半在大厅里等我，我当时怕自己会迟到，结果没有。我们大约是在十点二十七分左右动身的。”

波洛说：“你们到鸥湾做什么？”

“哦，我在身上搽了油晒日光浴，雷德芬太太画画。后来，我下海游泳，她回旅馆换衣服，准备去打网球。”

韦斯顿尽量用漫不经心的语气问道：“你还记得那大约是几点吗？”

“雷德芬太太回旅馆的时候？十一点四十五分。”

“你肯定是这个时间——十一点四十五分吗？”

琳达瞪大了眼睛说：“哦，肯定是，我看过表。”

“就是你现在戴着的这只表？”

琳达低头看了下手腕。“是的。”

韦斯顿说：“借给我看看好吗？”

她伸出手，他将自己的表伸过去比较了一下，再对对旅馆墙上的钟，微笑道：“一秒不差。然后你就去游泳了？”

“是的。”

“你再回旅馆是——什么时候？”

“差不多一点钟左右，我，后来，我就听说了，艾莲娜……”她的声音有点变调。

韦斯顿上校说：“你，呃，和你继母之间相处得还好吗？”

她沉默着看了他一会儿，然后说：“还好。”

波洛问道：“你喜欢她吗？小姐？”

琳达说：“喜欢。”又补充了一句，“艾莲娜对我很和气。”

韦斯顿假装开玩笑地说：“不是那种讨厌的后妈，嗯？”

琳达摇摇头，脸上没有一丝笑意。

韦斯顿说：“那就好，那就好。你知道，家庭里面也是会产生矛盾的，比如嫉妒什么的。女儿跟爸爸本来亲密无间，后来爸爸的心思都放在新娶的太太身上，做女儿的心里总会有些郁闷。你没有这种感觉吧，嗯？”

琳达直视着他，满脸真诚地说：“啊，没有。”

韦斯顿说：“我想你父亲，呃，心思都在她身上吧？”

琳达干脆地说：“我不知道。”

韦斯顿继续说：“我刚才也说过，家庭生活总会发生一些矛盾，比如拌嘴吵架之类的。要是他们夫妻之间有什么不愉快的龃龉，那么作为女儿，夹在中间感觉总是比较别扭。你们家里发生过这类事吗？”

琳达直截了当地问：“你的意思是，我爸和艾莲娜吵过架没有？”

“呃，是的。”

韦斯顿心下暗忖：“这叫什么事，向一个孩子盘问她父亲，这就是警察要做的事？妈的，可是该做的事还是要做。”

琳达很肯定地说：“没有。”她又补充说，“我爸从不跟人吵架，他不是那种人。”

韦斯顿说：“呃，琳达小姐，我希望你用心地回想一下，看能不能想到会是谁杀了你的继母？在这方面，你有没有听到过什么，或是想起什么事，可以给我们提供一些线索？”

琳达沉默了好一会儿，似乎正在绞尽脑汁地思考这个问题。最后她终于开口说：“没有，我想不出来谁要杀艾莲娜。”

她接着又说了一句：“当然，除了雷德芬太太。”

韦斯顿说：“你觉得雷德芬太太想杀她？为什么？”

琳达说：“因为她的丈夫在和艾莲娜谈恋爱。不过我可不是说她真的要动手杀她，我的意思是觉得她会希望艾莲娜死掉——这可是两码事，对不对？”

波洛很温和地说：“对的，完全不是一回事。”

琳达点点头，脸上掠过一种古怪的神情。她说：“不管怎么说，雷德芬太太绝不可能干那种事——我是说谋杀。她不是……不是那种暴戾的人，我想你们懂我的意思。”

韦斯顿和波洛都点了点头。波洛说：“我很清楚你的意思，孩子，我也同意你的看法。雷德芬太太正像你说的那样，不是那种容易‘红眼’的人，她不会——”他靠向后方，半合起眼皮，很小心地选择要用的字眼，“被突如其来的愤怒情绪所左右，看到她的生活越来越逼仄，看到某张令人憎恨的脸，一段可恶的白色颈子，感觉到自己的十指拳曲，想要扼进那肉里去——”

他停了下来，琳达猛地从桌边退缩开，颤抖地问道：“我可以走了吗？还有没有别的事？”

韦斯顿上校说：“好了，好了，没事了。谢谢你，琳达小姐。”

他站起身，为她打开房门，又回到桌子面前坐下，点上了一支烟。“呸，”他说，“这叫什么事！告诉你，我觉得向一个孩子盘问她父亲和继母之间的关系真是太糟糕了，在某种程度上，这让人觉得有点像让做女儿的往她爸爸脖子上套绳圈。不过，再怎么说，事总还是要做的。谋杀案毕竟是谋杀案，而她又是最可能了解事情真相的人。谢天谢地，她没提供出什么有用的信息。”

波洛说：“不错，我估计你就是这样想的。”

韦斯顿有点尴尬地咳嗽一声：“对了，波洛，我觉得你最后有些太过分了，说什么伸手扼进肉里之类的话！这种想法实在不该说给孩子听的。”

赫尔克里·波洛若有所思地望着他说："你认为我是在诱导她吗？"

"呃，难道不是吗？承认了吧。"

波洛摇摇头。韦斯顿换了个话题，他说："说起来，我们从她那里还是一无所获，只不过间接地给雷德芬太太提供了不在场证明。要是她们从十点半到十一点四十五分这段时间里都在一起的话，那克莉丝汀·雷德芬就洗脱了嫌疑，我们可以把这位吃醋的妻子排除在外了。"

波洛说："还有比这更好的理由让她摆脱嫌疑。我深信在身心两方面来说，她都不可能掐死什么人。她不是那种会热血上头的人，更像是冷血一类的，能够深爱某个人，不管对方怎么样都始终如一，而不会有那种情绪化的热情或愤怒。况且，她的手也太小、太纤细了。"

科尔盖特说："我同意波洛先生的说法，她的名字可以排除了。尼斯登大夫说掐死那位太太的人有一双强有力的大手。"

韦斯顿说："好吧，接下来问雷德芬夫妇吧，希望那个男人已经从所受的惊吓中恢复一点了。"

帕特里克·雷德芬已经完全恢复了。他看起来苍白憔悴，而且突然显得很年轻，不过态度却相当沉着。

"你就是住在雷斯堡王子市克劳斯门的帕特里克·雷

德芬先生吗？”

“是的。”

“你认识马歇尔太太有多久了？”

帕特里克·雷德芬犹豫了一下，说：“三个月。”

韦斯顿继续问：“马歇尔先生告诉我们，说你和她是在一次鸡尾酒会上偶遇而认识的，对吗？”

“是的，是这样的。”

韦斯顿说：“马歇尔先生表示，在你们两人于此地再次相遇之前，你们之间并不太熟悉。是这么回事吗，雷德芬先生？”

帕特里克·雷德芬又犹豫了一下，然后说：“呃，不完全是这样。实事求是地说，我和她曾经在各种不同场合见过若干次。”

“马歇尔先生都不知道？”

雷德芬脸色微红。他说：“我不清楚他是否知道。”

赫尔克里·波洛开了口，他轻声说道：“你太太也同样不知道吧，雷德芬先生？”

“我相信我曾经向我太太提到过，说我认识了著名的艾莲娜·斯图尔特。”

波洛追问道：“可是她并不知道你和她经常见面的事？”

“呃，也许不知道。”

韦斯顿说：“你是不是和马歇尔太太约好到这里来见

面的？”

雷德芬沉默了一会儿，然后耸了下肩膀。“好吧，”他说，“我想事情总要水落石出的，再隐瞒下去也没什么意义。我对那个女人爱得要命，完全失去了理智，你们爱怎么想就怎么想吧。她要我到这里来，我勉强抗拒了一下就同意了。我，我，咳，只要她喜欢，让我干什么都行，她就是有那样的魅力。”

赫尔克里·波洛喃咕道：“你形容得非常清楚，她就是迷人的女妖瑟西[①]，确实是！”

帕特里克·雷德芬苦涩地说：“她的确会把男人变成猪！”

他继续说道：“我会对你们很坦率，各位，不会再隐瞒任何事。再瞒又有什么用？我刚才说过，我爱她爱得失去理智，至于她爱不爱我，我可完全也不知道。她假装很在乎我，不过我想她是那种一旦对某个男人得手，就兴趣全失的女人。她知道她已经得到了我。今天早上，当我发现她躺在海滩上，死了，就好像——”他停了一下，“好像遭到当头一棒，我感到天旋地转，整个人都失去知觉了。”

波洛的身子俯向他。“那现在呢？”

帕特里克·雷德芬直视着他的目光说：“我已经把真

①瑟西，又译喀耳刻，希腊神话中的女巫，善于运用魔药，经常以此使她的敌人或反抗者变成猪一类的动物或怪物。

相对你们和盘托出了，我想要知道，这件事有多少会被公开出来？她反正已经死了，公开这件事对她没什么影响，但对我太太来说会是相当大的打击。是啊，我明白，”他紧接着说，“你们可能在想，你到现在才想起你太太的感受，早干什么去了？也许事情就是这样。虽然我的话听起来一片虚情假意，但实际上，我真心实意地爱我的太太，非常非常在乎她。另外的那个——”他耸了下肩膀，“那是一种疯狂吧，男人都会做的傻事，可是克莉丝汀不同，她才是我真心所爱的人。尽管我亏待了她，可是心底里一直清楚她才是我真正重视的人。”他停了下来叹口气，一副可怜巴巴的样子，“希望你们相信我的话。”

赫尔克里·波洛俯向他说：“我相信，真的，真的，我相信你的话。”

帕特里克·雷德芬满怀感激地望着他说：“谢谢你。”

韦斯顿上校清了一下嗓子，说：“你也许认为，我们不会在意这种貌似无关紧要的事。假如你对马歇尔太太的迷恋与谋杀案毫不相干的话，就不会被牵扯进案情。可是你似乎没明白，呃，你们的亲密关系很可能与谋杀案有直接牵连。你知道，这很可能就是犯罪的动机。”

帕特里克·雷德芬说：“动机？”

韦斯顿说：“是的，雷德芬先生，动机！马歇尔先生也许并不知道你们的关系，假如他突然发现了呢？”

雷德芬说：“啊，我的天！你是说他发现了隐情就——

就杀了她？”

警察局局长干巴巴地说：“你从来没想过会有这种结果吗？”

雷德芬摇摇头说：“没有。怪了，我从来没有想过这种事。你知道的，马歇尔是一个非常沉静的人，我——啊，看起来就不像会有这种事。”

韦斯顿问道：“在你们交往的时候，马歇尔太太对她丈夫的态度如何？她有没有感到——呃，不安？怕事情传到他耳朵里？还是说她根本就无所谓？”

雷德芬慢吞吞地说：“她——有点紧张，不想让他起疑心。”

“她是不是有点怕他呢？”

“怕？没有，我觉得没有。”

波洛喃喃地说道：“对不起，雷德芬先生，在你们交往的这段时间里，没有提到过离婚吗？”

帕特里克·雷德芬很肯定地摇了摇头。“啊，没有，从来没谈到这种事。你知道的，我有克莉丝汀，而艾莲娜，我敢说她从未想过离婚。她对马歇尔这个丈夫很满意，他是，呃，说起来也算是个有头有脸的人物了——”他突然笑了一下，“是个乡绅这一类的，而且相当有钱。她从未把我当作可以考虑的结婚对象，我只是她众多可怜的追随者中的一个，用来消闲解闷。其实我心里对此一直很清楚，可是，怪得很，这并不影响我对她的感情……”

他的声音小了下去，坐在那里默想。韦斯顿把他从沉思中唤了回来。“呃，雷德芬先生，你今天早上和马歇尔太太有什么特别的约会吗？”

帕特里克·雷德芬有点不解地说：“没有特别约过。我们通常都是早上在海滩碰头，然后划着小筏子出去。”

“你今早没有看到马歇尔太太，是不是觉得意外？”

“嗯，是的，很诧异，想不出来她到底怎么了。”

“你当时怎么想？”

“呃，我不知道该怎么想。我是说，我一直认为她马上就会出现。”

“如果说她在别的什么地方和别的什么人约会，你能想到的会有谁？”

帕特里克·雷德芬只是睁大眼睛摇头。

“你若是和马歇尔太太有约会，通常都在哪里碰头？”

“呃，有时候我会下午和她在鸥湾见面，因为鸥湾一带下午没有太阳，所以通常没什么人。我们在那里约会过一两次。”

“从来没去过别的海湾？精灵湾呢？”

“没有过，精灵湾朝西，下午有很多人乘船和小筏子到那边去。我们也从来不在早上约会，免得引人注意。下午很多人会睡午觉，或是四处闲逛，谁都不大清楚其他人在什么地方。”

韦斯顿点点头。帕特里克·雷德芬继续说道：“当然，吃过晚饭之后，如果天气好，我们会在岛上散散步。”

赫尔克里·波洛轻轻地说：“嗯，是这样的。”

帕特里克·雷德芬纳闷地看了看他。

韦斯顿说：“看来关于马歇尔太太今天早上为什么去精灵湾，你也说不出什么情况能帮我们找出原因了？”

雷德芬摇摇头，用听起来非常迷惑的声音说：“我真的一点儿也不知道！这完全都不像艾莲娜平日的行为。”

韦斯顿说：“她有没有什么朋友住在这附近？”

“我不知道。啊，我相信一定没有。”

“呃，雷德芬先生，我要你认真回想一下。你是在伦敦认识马歇尔太太的，想必也认识她那个圈子里的朋友。据你所知，有没有人非常恨她——比如说，她为了同你来往而抛弃了别的什么人？”

帕特里克·雷德芬想了一会儿，摇摇头。“实话说吧，”他说，“我还真想不出有什么人。”

韦斯顿上校用指节敲着桌面，终于开口说道：“好吧，就这样吧。目前好像只有三种可能：一个不知名的杀手——或许是个单相思的疯子，而且正好在这附近——这实在不太可能——”

雷德芬插嘴道：“不过，说老实话，目前看起来这是最有可能的了。”

韦斯顿摇了摇头。他说：“在这个案子里没有这种可能。那个海湾一般人难以到达，凶手若不是走堤路过来，经过旅馆，穿越整个小岛，再从那边的梯子下去，那就只有坐船这一种途径。这两种方式都不像是即兴杀人的凶手会选择的。”

帕特里克·雷德芬说：“你刚才提到有三种可能。”

“呃，不错，”警察局局长说，“剩下的两种可能，就是指这个岛上还有两个人有谋杀她的动机。一个是她丈夫，另外一个就是你太太。”

雷德芬目瞪口呆地望着他。他说：“我太太？克莉丝汀？你是说克莉丝汀和这件事有关系？”他站起身，语无伦次地说，“你疯了吧，真是疯了，克莉丝汀？唉，这完全不可能，太可笑了！”

韦斯顿说：“不管怎么说，雷德芬先生，嫉妒就是一种强烈的动机。嫉妒中的女人是会情绪失控的。”

雷德芬急切地说：“克莉丝汀不会，她——啊，她不是那样的人，她是不快乐，不错，可是她不是那种会——唉，她的本性一点也不暴戾。”

赫尔克里·波洛沉吟地点了点头。暴戾，琳达·马歇尔也用过这两个字。他像刚才一样，同意了这种看法。

“再说，”雷德芬很有自信地说道，“这个想法也太荒谬了，艾莲娜在体力上至少比克莉丝汀要强壮两倍。我怀疑克莉丝汀连小猫都掐不死，更不用说像艾莲娜那样强壮的一个人了。而且克莉丝汀也不可能从崖顶顺那条直梯下到海滩上去，她想都不会想到那种方式。还有，啊，整个事情就像天方夜谭！”

韦斯顿上校挠挠耳朵。“呃，”他说，“照你这么说的确是不可能，这一点我同意，可是动机是我们首先要找的东西。”他又补充说，“动机和机会。”

雷德芬离开房间之后，警察局局长面带微笑地说：“我不觉得有必要告诉这个家伙说他妻子已经有不在场证明了，这样可以听听他对太太涉嫌谋杀有什么高见，好惊吓他一下，是不是？”

赫尔克里·波洛低语道：“他据理力争的那些话，与不在场证明的效果也不相上下。”

“是这样的。不是她干的，也不可能是她干的——正像你说的，她没有那么大的力气。马歇尔倒可能下手，可显然也不是他干的。”

科尔盖特警督咳了一声。他说：“对不起，局长，我在想马歇尔那个不在场证明。你知道，如果他早有预谋的话，完全可以先把那三封信准备好，这也是可能的。”

韦斯顿说：“这个想法很好，我们一定要调查——”

他停住话头，因为克莉丝汀·雷德芬走进了房间。她像平常一样，态度淡定，举止有度。她穿了件白色网球装，外罩浅蓝色套头绒线衫，更衬托出了她的金发白肤，使她看起来更具那种孱弱的美。不错，赫尔克里·波洛心中暗忖，那张脸既不愚蠢，也不软弱可欺，充满了决心、勇气和理性。他颇为赞赏地点点头。韦斯顿上校心想："这个小女人看上去很不错，也许有点太淡漠。这样的人，她那个拈花惹草的笨驴老公实在有些配不上。啊，也罢，那个男孩子还年轻，女人总会允许他们犯一两次傻的。"

他说："请坐，雷德芬太太，你知道，有些例行公事是无法避免的。我们在询问每个人今天早上的活动情况，只是做个记录而已。"

克莉丝汀点点头，用轻柔的声音说："哦，我明白的。你希望我从什么时候开始说呢？"

赫尔克里·波洛说："越早越好，夫人。你今天早上起床之后都做了些什么？"

克莉丝汀说："让我想想。我下楼去吃早饭的时候，先到了琳达·马歇尔的房间，约她早上和我一起到鸥湾去。我们说好十点半在大厅里碰头。"

波洛问道："你吃早饭之前没有先去游游泳吗？夫人？"

"没有，我很少那么早去游泳。"她微笑道，"我喜欢等海水温热一点之后再下去。我挺怕冷的。"

"可是你先生会去？"

"是的，他总是早上去。"

"马歇尔太太呢？她也一样吗？"

克莉丝汀的声音一变，渗出丝丝寒意和酸味。"啊，像马歇尔太太这种人，不到十点多钟是不会露面的。”

气氛有些尴尬，赫尔克里·波洛说：“对不起，夫人，我先打断一下。你刚才说你去了琳达·马歇尔小姐的房间，那是几点钟的事呢？”

“让我想想，八点半，不对，还要再晚一点。”

“马歇尔小姐那时候已经起床了吗？”

“啊，起来了，她都出去过了。”

“出去过？”

“是的，她说她去游泳了。”

克莉丝汀的语气有一点点，很少的一点点迟疑，使赫尔克里·波洛感到不解。

韦斯顿说：“后来呢？”

“后来我就下楼去吃早饭。”

“吃过早饭之后呢？”

“我回到楼上，收拾好我的笔盒和素描簿，然后我们就出发了。”

“你和琳达·马歇尔小姐？”

“是的。”

“那时是几点钟？”

“我想正好是十点半吧。”

“你们做了些什么呢？”

“我们去了鸥湾。你知道，就是岛东侧的那个小海湾。我在那里画画，琳达晒日光浴。”

“你是什么时候离开海湾的？”

“十一点四十五分。因为我十二点钟要打网球，得先回来换衣服。”

“你自己戴着表吗？”

“没有，我没有戴表，时间是问琳达才知道的。”

“啊，然后呢？”

“我收拾起画具什么的，回到旅馆。”

波洛说：“琳达小姐呢？”

“琳达？哦，琳达下水游泳去了。”

波洛说：“你们坐的地方离海远吗？”

“呃，我们在最高水位线上面一点，正好在悬崖下面——这样我可以坐在阴凉里，而琳达可以晒到太阳。”

波洛说：“你离开海滨的时候，琳达小姐是不是确实已经下海游泳了？”

克莉丝汀皱起眉头，尽力地回想了一阵。她说：“让我想想。她跑下了海滩，我盖好了我的笔盒——不错，我爬上悬崖上的小路时听到了她跳下水去的声音。”

“这一点你可以确定吗，夫人？她真的下海了？”

“是啊！”她有点诧异地瞪着他。

韦斯顿上校也瞪着波洛，然后说道：“说下去，雷德芬太太。”

“我回到旅馆，换好衣服，到网球场上和其他人见面。”

“都有哪些人呢？”

“有马歇尔先生、加德纳先生和达恩利小姐。我们打了两局，正准备再开始的时候，就听到了消息——马歇尔太太的事。”

赫尔克里·波洛的身子俯向她说：“你听到那个消息的时候，是怎么想的，夫人？”

“我怎么想？”她看上去很抵触这个问题。

“不错。”

克莉丝汀·雷德芬慢慢地说道：“那实在是——一件可怕的事。”

“啊，不错，你讨厌这样的事，这我明白。不过这对你个人来说意味着什么？”

她飞快地瞥了他一眼——带着恳求的目光。他对此的反应是用一种就事论事的语气说：“我请求你，夫人。你是个头脑聪明，具有理性和判断力的女人，在你住进旅馆的这段时间里，你想必对马歇尔太太是个什么样的女人心中有数吧？”

克莉丝汀很小心地说：“我想一个人住在旅馆里，多少总会对其他人产生某些看法的。”

“当然，这是很自然的事。所以我请问你，夫人，你在听到她的死讯时是不是真的觉得很意外呢？”

克莉丝汀慢慢地说道：“我想我明白你的意思。不，我没觉得意外，我的确感到很震惊，可是像她那样的女人——”

波洛替她说完了后半句话：“像她那样的女人就是会发生这种事的……不错，夫人，这是今天早晨以来，大家在这个房间里所说过最真实，也最重要的一句话。且把，呃——”他很小心地选用着字眼，“个人感情放在一边，你怎么看死去的马歇尔太太？”

克莉丝汀·雷德芬镇静地说：“现在再去说这些，有必要吗？”

“我想是有必要的。”

“呃，我能怎么说呢？”她苍白的脸上忽然涌起一阵红晕。

她那种故作镇定的态度松弛下来，此时此刻，她显露了女人的天然本色。“她是那种在我眼里无足轻重的女人，一无所长，根本没有存在的价值。她没脑子，没有智慧，除了男人、衣服和别人对她的奉承之外，什么也不想。她一无用处，是个寄生虫！我想，她也就是对男人有吸引力——当然了，她是有吸引力，她过的就是这种日子。所以，我想，我对她会有这样的下场一点都不觉得意外。她这种女人永远与那些肮脏的勾当纠缠不清——比如勒索、嫉妒、暴力，诸如此类下作的事，她，她就是个败类。”

她气喘吁吁地停下来，噘着嘴唇，满脸不屑。韦斯顿上校突然发现，很难找到比克莉丝汀·雷德芬和艾莲娜·斯图尔特更格格不入的女人了。他同时也想到，一个人如果娶了克莉丝汀·雷德芬做太太，生活氛围自然高雅纯净，以至于会觉得艾莲娜·斯图尔特那样的女人特别有吸引力。这些念头在他脑海中一掠而过，但她谈话中提到的某个单词使他心中一动。

他俯身问她："雷德芬太太，你在说到她的时候，为什么会提起'勒索'这个词呢？"

第七章

克莉丝汀瞪着他，好像一时没弄明白他的意思，几乎是条件反射地答道："我想——因为她被勒索过。她是那种会被人勒索的人。"

韦斯顿上校很热切地说："可是，你知道她被人勒索吗？"

她的两颊上泛起了一片红晕，有点尴尬地说："说老实话，我碰巧知道，我……我……偶然听到了一些话。"

"你能不能解释一下，雷德芬太太？"

克莉丝汀·雷德芬的脸越来越红，她说："我，我并不是有意偷听，完全是偶然碰上的。那是两，不，是三天之前，我们在玩桥牌。"她转头对波洛说，"你还记得吧？我丈夫和我，波洛先生和达恩利小姐。我正好是明手。桥牌室里空气不好，我就从落地长窗走到外面去呼吸新鲜空气。我向海滩走去时，突然听到有人说话——就是艾莲娜·马歇尔，我马上就听出来了。她说：'再怎么逼我也没用，我现在弄不到钱了，我丈夫会起疑心的。'然后有个男人的声音说：‘不管你有什么理由，必须把钱吐出来。’艾莲娜·马歇尔说：‘你这个勒索人的流氓，’那个男人说：‘是流氓也好，不是流氓也好，你必须付钱，夫人’。”克莉丝汀停了一下，“我转身往回走，一分钟之后，艾莲娜·马歇尔从我身边冲过，她看起来，呃，极其心烦意乱。”

韦斯顿说：“那个男人呢？你知道他是谁吗？”

克莉丝汀·雷德芬摇了摇头说：“他的声音压得很低，我几乎听不清他说些什么。”

“是你认识的什么人的声音吗？”

她想了想，但又摇摇头说：“我不知道，声音很模糊，也很低。那个声音，啊，说是谁都可以的。”

韦斯顿上校说：“谢谢你，雷德芬太太。”

等克莉丝汀·雷德芬出去把门关上之后，科尔盖特警督说：“这下我们有点线索了。”

韦斯顿说：“你这么认为，呃？”

“唉，这是很有启发性的线索，局长，你不能视而不见。这个旅馆里有人在勒索那位女士。”

波洛轻声细语地说：“不过那个勒索人的歹徒没死，死的是被勒索的人。”

“这是有些说不通，我也这么想。”警督说，“一般来说，勒索者不会把他们的勒索对象干掉的。不过这至少解决了我们的一个问题，让我们明白马歇尔太太那天早上不同寻常的行为是为了什么。她是去见那个勒索者，不希望让她丈夫或雷德芬知道这件事。”

“这么说倒是顺理成章。”波洛表示同意。

科尔盖特警督继续说：“想想看，他们选定的地点非常适合这种会面。那位太太划着小筏子去，显得很自然，她每天都会这么做。至于精灵湾那样一个早上从来没人去的安静地方，正适合谈话。”

波洛说：“是这样，我也想到了这些。那里正如你所说的，非常适合见面，没有闲人干扰。要从陆地这边到那里，只能从崖顶沿着那条垂直的钢梯下去，不是所有人都乐意尝试的。除此之外，那个地方大部分被悬崖遮挡住了，从上面看不到。另外，还有个优点，雷德芬先生那天才跟我说起过，那里有个山洞，入口很难找到，任何人都可以在那里待着而不被别人发现。”

韦斯顿说：“对，叫妖精洞——我记得听人提起过。”

科尔盖特警督说：“不过已经有好多年没听人说起了。我们最好到洞里去查看一下，谁知道呢，没准能发现什么线索。”

韦斯顿说：“对，说得对，科尔盖特，我们已经猜到这个谜的一部分答案，知道了马歇尔太太为什么去精灵湾。不过，我们还要得到另外一部分答案：她到那里去见什么人？想必那也是住在这个旅馆里的人。虽然旅馆里没人够资格做她的情人，可是作为勒索者就另当别论了。”

他看看旅客登记簿，“侍者、用人什么的可以排除，我认为他们不大可能。剩下的人是：那个美国佬加德纳，巴里少校，贺拉斯·布拉特先生，还有斯蒂芬·兰恩牧师。”

科尔盖特警督说：“我们还可以把范围再缩小一点，局长。我想那个美国佬是可以排除在外的，他整个上午都在海滩上，是这样的吧，波洛先生？”

波洛回答道：“他有一小段时间不在，给他太太拿毛线去了。”

科尔盖特说：“啊，呃，那不必算。”

韦斯顿说：“另外三个呢？”

“巴里少校今早十点钟出去的，一点半回来。兰恩牧师更早，他八点钟吃早饭，说他要去健行。布拉特先生九点半驾船出海，跟他平常一样。他们几个都还没回来吧？”

“驾船出去的，呃？”韦斯顿上校说话时好像若有所思。

科尔盖特警督随声附和：“这个似乎比较符合我们要找的，局长。”

韦斯顿说：“呃，我们要跟那位少校谈谈——我看看，还有些什么人？罗莎蒙德·达恩利，还有那个姓布鲁斯特的女人，她跟雷德芬一起发现尸体的。她是个什么样的人，科尔盖特？”

“啊，她是个通情达理的人，局长，不做什么不靠谱的事。”

“她对案情有没有发表过意见？”

警督摇了摇头。“我想她没有更多的东西要告诉我们了，局长，不过我们可以确认一下。另外就是那对美国夫妇。”

韦斯顿上校点点头说：“让他们一起进来吧，赶紧把询问程序结束。谁知道呢，说不定会发现什么线索。别的不敢说，也许会在勒索案上有些进展。”

加德纳夫妇来到他们面前，加德纳太太马上开口解释：“我希望你能了解，韦斯顿上校——我想没叫错吧？”

知道自己没说错后，她接着说：“我真是太震惊了，加德纳先生一向非常、非常注意我的健康——”

加德纳先生这时插了一句。“加德纳太太，”他说，“是个很敏感的人。”

“——他对我说：‘没问题，卡丽，’他说，‘我当然会陪你去。’我并不是对英国警方的工作不够赞赏，实际上我们确实非常赞赏，据说英国警方的工作是最精细、最好的，我从不怀疑这一点。有一回我在萨沃伊饭店丢了只手镯，负责这件事的那个年轻警员极富同情心，再没人比他更可爱了。当然了，其实我的手镯根本就没有丢，只是放错了地方。当时我要赶着时间做事，匆匆忙忙的，很容易让人丢三落四——”加德纳太太停下来，轻轻吸口气，然后又开始说，“我想说的是，我知道加德纳先生和我意见一致，我们就是太焦虑了，以至于不知道怎么才能为英国警方提供帮助，所以现在请你们尽管问我们问题，问什么都行——”

韦斯顿上校张开嘴，准备满足她这个要求，但话到嘴边又被噎回去了，因为加德纳太太正在继续说话：“我是这样说的吧，对不对？奥德尔，就是这样，对不对？”

“是，亲爱的。”加德纳先生说。

韦斯顿上校抢着把自己的话说了出来：“据我所知，加德纳太太，你和你先生一早上都在海滩上吧？”

这次加德纳先生居然抢了次先。“不错。”他说。

“唉，当然在，”加德纳太太说，“今天早上天气真好，也真平静，就像其他日子一样，你懂我的意思吧，甚至更好些。我们万万没有想到在另外一边那个没人的海湾里会发生那样的事。”

“你今天有没有看到过马歇尔太太？”

“没有。我跟奥德尔说，哎，马歇尔太太今早到哪里去了？我说，先是她丈夫找她，接着是那个长得不错的年轻人，雷德芬先生，他在海滩上坐立不安，对不管什么人、什么东西都一脸不耐烦。我心想，他太太那么好，那么漂亮，他干吗还要去追那个可怕的女人呢？因为我确实认为她很可怕，我一直对她是这种看法，是不是，奥德尔？”

“是，亲爱的。”

“我真是不明白，马歇尔先生多好的一个人，怎么会娶这么个女人——何况他还有个正在成长发育的女儿。挺好的一个小姑娘。女孩子必须得到良好的教养，这对她们很重要。马歇尔太太完全不能胜任，她完全就没教养——说得更直白一点，她天性愚钝。唉，要是马歇尔先生有点脑子的话，他应该娶的是达恩利小姐，那才是一个极其迷人的女子，又非常有名气。我非常敬佩她那种勇往直前的精神，生意做得风生水起，和她本人一样出类拔萃。要做出这种业绩，非得靠头脑不可——你只要看看罗莎蒙德·达恩利，就可以看出她头脑聪慧。只要是她想干的事，她就能精心策划，付诸实施，而且取得成果。我对这位女士真是佩服得五体投地。那天我还跟加德纳先生说，谁都看得出她很爱马歇尔先生——我当时说的是，爱他爱得发疯，对不对，奥德尔？”

“对的，亲爱的。”

“好像他们也是青梅竹马的老相识了。现在，谁知道呢，既然那个女人已经不在了，说不定他们俩就会结成一对了。我不是个偏执的女人，韦斯顿上校，我也没那么讨厌演艺圈的人，嗯，我的好朋友里有不少女演员呢，可是我一直跟加德纳先生说，那个女人有点邪气。你看，现在证明我的话对了吧。”

她得意扬扬地住了嘴。赫尔克里·波洛嘴角一动，实在掩饰不住笑容。他的目光和加德纳先生精明的灰色眼睛碰在一起，对视了一会儿。

韦斯顿上校有点绝望地说道：“呃，谢谢你，加德纳太太。我想你们两位自从住到这里，大概没有再注意到别的什么和这个案子有关的事了吧？”

“唉，没有，我想是没有了。”加德纳先生细声慢气地说，“马歇尔太太大部分时间都和年轻的雷德芬在一起——不过每个人都能告诉你这件事。”

“她丈夫呢？你认为他在乎这种情况吗？”

加德纳先生很小心地说道：“马歇尔先生是个含蓄的人。”

加德纳太太表示同意：“是呀，一点不错，他真是个标准的英国人！”

在巴里少校易怒的脸上，各种感情轮流出场。他很想做出震惊的模样，可是又忍不住满脸的幸灾乐祸。

他用略带喘息的哑嗓说：“我会尽我所能帮你们破案。当然了，我并不了解本案，不知道什么线索。与此案有关联的那几个人我都不大认识，不过我这辈子走南闯北，见多识广——你知道，我曾经在东方住了很久。我可以告诉你，在印度大山的兵站里驻扎过之后，你对人性就了如指掌了，若还有什么不太清楚的，基本就属于细枝末节，不知道也罢。”

他停下来，喘了口气，又继续说："说起来，这事让我想起以前在西姆拉的一件案子，一个忘了叫罗宾森还是福尔克纳的家伙，驻扎在东维帝或是北萨里的，记不清了，反正也没关系。他是个生性沉默的人，你知道，看过很多书，人们都觉得他跟牛奶一样温和无害。有天晚上，他在他们住的小屋里和太太打起来，掐住了她的喉咙。她一直和这个人或那个人搞暧昧，被他发现了。老天爷，他差点掐死她！真是突如其来，我们全都吓坏了！万万想不到他会干出这种事。"

赫尔克里·波洛轻声细语地说："你认为那件案子和马歇尔太太之死有相同之处吗？"

"呃，我的意思是说，掐喉咙，你知道的，同样的手法，暴怒之下的行为。"

波洛说："你认为马歇尔先生有暴怒的倾向吗？"

"哎呀，我可从来没这么说过。"巴里少校的脸更红了，"我从来没说过马歇尔先生一个不字，他可是个大好人，我无论如何也不会说他的坏话。"

波洛轻声细语地说："啊，抱歉，不过你的确谈到了做丈夫的自然反应。"

巴里少校说，"嗯，我的意思是说，我觉得她是个容易招蜂引蝶的人，是吧？把年轻的雷德芬钓上了钩，在他之前恐怕还少不了有别人。可笑的是，你知道，那些做丈夫的都很固执，我总是对这种情形感到诧异，他们只看到别人对他太太甜言蜜语，看不到她对别人是如何甜蜜的。我还记得在浦那的一个案子，那个女人好漂亮。我的天，她带她丈夫跳舞——”

韦斯顿上校挪动了下身子，说道：“是的，是的，巴里少校，目前我们只需要弄清楚事实。你个人是不是知道什么——听到或注意到什么可能对我们破案有用的事？”

“唉，说老实话，韦斯顿，我想是没有。有天下午，我在鸥湾看到她和年轻的雷德芬一起——”他挤眉弄眼，发出沙哑而深沉的笑声，“很漂亮，不过这可不是你们需要的那种证据吧？哈哈。”

“今天早上你完全没有见到马歇尔太太吗？”

“今天早上我什么人也没见到。我到圣卢镇上去了。这也怪我的运气不好，这种地方几个月都不出什么事，出了事，我却没赶上。”

少校的语气里带着一丝懊恼。韦斯顿上校追问道：“你说你去了圣卢镇？”

“是的，想去打个电话。这里没电话，而莱德卡比湾的电信局又太不隐秘了。”

“你打电话是为了很私密的事吗？”

巴里少校又很开心地挤了挤眼睛。“唉，可以说是，也可以说不是。想要和我的一个老朋友联系一下，让他替我在一匹马上下个注。运气不好，没能和他通上话。”

“你是在哪里打的电话？”

"圣卢镇邮电总局的电话亭里。后来在回来的路上，我又迷路了，那些该死的小巷小弄，到处弯弯绕绕的，在那里面找路至少浪费了我一个小时。这一带真是叫人搞不清楚。我刚回来不到半个小时。"

韦斯顿上校说："你在圣卢镇有没有和什么人谈话，或是见到什么人呢？"

巴里少校轻笑着说："要我提出不在场证明吗？我想不出什么用得上的。我在圣卢镇见到了五万人，可那并不代表他们都记得见过我。"

警察局局长说："我们必须这么问你，你是知道的。"

"你说得不错，尽管问，随时问，我乐于帮忙。那个死者真是个很有吸引力的女人，我愿意帮你们抓到作案的家伙。无人海滩谋杀案——我敢跟你们打赌，报上一定会这样说的。这又让我回想起——"

这回是科尔盖特警督硬把这朵回忆之花还在含苞待放时就给掐了，将那位多嘴多舌的少校给请了出去。他回来之后说："到圣卢镇上很难查证到什么，现在正是旅游旺季。"

警察局局长说："嗯，我们还不能把他从嫌疑名单上排除。我并不相信他与此案有什么牵连，像他这种令人生厌的老家伙很多，我当兵的时候就碰到过一两个。可是，他还是有嫌疑。这件事就交给你了，科尔盖特，查一下他什么时候开车出去的——行车路线什么的。他很可能把车停在一个无人之处，走路回来，再到精灵湾去。不过我觉得这样也说不通，他极有可能被人看到，这对他来说太冒险了。”

科尔盖特点了点头。他说：“当然，今天有不少游览车到这里来，天气好嘛，大约十一点半就开始进人了。涨潮是七点，退潮是一点左右，沙滩上和堤路上都会有人。”

韦斯顿说：“嗯，他得由堤路上过来，经过旅馆。”

“并不正好经过旅馆，他可以绕道从那条小路到岛的另一侧。”

韦斯顿表示怀疑。“我并不是说他那样做肯定会被人看见，旅馆里的客人差不多全在前面的海水浴场，只除了雷德芬太太和马歇尔家的女孩子在鸥湾，而那条小路只有旅馆的某几个房间窗口可以望得见。恐怕那时正好有人往外看的可能性很小。这样一来，我敢说，要是谁走进旅馆，穿过大厅再出去，没有一个人看见，也是可能的。不过我要说的是，他不可能异想天开地认为没人会看见他。”

科尔盖特说：“他可以划船到精灵湾去。”

韦斯顿点点头道：“这个方法听起来还差不多，要是他在附近那个小海湾里准备好小船，可以停下车，划船或是开船到精灵湾去，杀人之后再划回去，开走自己的车，回来描述那套去圣卢镇又迷路的故事——他知道他那么说是很难验证的。”

“你说得对极了，局长。”

警察局局长说："好了，这事我交给你了，科尔盖特。在附近细细盘查一番，你知道该怎么做。现在我们最好见见布鲁斯特小姐吧。"

艾米丽·布鲁斯特没有给他们已经掌握的情况再补充什么新线索。韦斯顿在她重复了以前的说法之后，问道："此外你没有什么其他有用的线索吗？"

艾米丽·布鲁斯特干脆地答道："恐怕没有。这件事很棘手。不过，我希望你们能很快破案。"

韦斯顿说："我也这么想。"

艾米丽·布鲁斯特淡然地说："应该不会太困难。"

"你这话是什么意思？布鲁斯特小姐。"

"对不起，我可不是想在专业人士面前信口开河，我的意思只是说，像这种女人被杀，调查起来应该不太难。"

赫尔克里·波洛轻声细语地说："你这么认为？"

艾米丽·布鲁斯特直言不讳地说："是的。虽然古话说：'人死不记仇'，可是事实是不容置疑的，那是个彻头彻尾的坏女人，你们只要好好调查一下她不堪的历史就行了。"

赫尔克里·波洛柔声说道："你不喜欢她吧？"

"我很了解她，"她看到那三个人疑问的眼光，继续说道，"我一个堂妹嫁给了厄斯金家的人。你们大概也听说过，那个女人哄得老罗杰爵士把财产遗赠给她，而没有留给自己家人的事了吧？”

韦斯顿上校说：“而他的家人——呃，对这件事很生气？”

“当然了，他和这个女人交往就已经是大丑闻了，更耸人听闻的是还留给她价值近五万镑的遗产。她是何种女人还用说吗？我敢说我的话听起来很严重，但在我看来，像艾莲娜·斯图尔特这类女人根本不值得同情。我还知道另外一件事，有个年轻人被她弄得神魂颠倒——他本来就是个莽撞的家伙，与她的关系更让他铤而走险，在股市上搞了点邪门歪道，只是为了弄钱花在她身上，后来差点吃上官司。这女人是见一个人毁一个人，你看她把年轻的雷德芬搞成了什么样子。哼，恐怕我对她的死完全不觉得遗憾，不过当然最好是她自己淹死，或是失足从悬崖上摔死，被掐死还是让人觉得不舒服。”

“你认为凶手是她以前的情人之一？”

“不错，我正是这样想。”

“有人从对面过来，而又没人看见？”

“怎么会有人看见呢？我们全在海水浴场上。我想当时马歇尔家的孩子和克莉丝汀·雷德芬正在往鸥湾去的路上，方向正好相反。马歇尔先生在旅馆他自己的房间里，那还有谁会看到他呢？除非是达恩利小姐。”

“达恩利小姐当时在哪里？”

“坐在悬崖上开凿出来的叫作阳光崖的那个地方。我们看到她在那里，我是说雷德芬先生和我，我们划船过去的时候。”

韦斯顿上校说：“也许你说得对，布鲁斯特小姐。”

艾米丽·布鲁斯特胸有成竹地说：“我的想法十拿九稳。像她这样一个不折不扣的坏女人，她本人就是最好的线索。你同意我的说法吗？波洛先生？”

赫尔克里·波洛抬起头来，看着她那对充满自信的灰色眼睛。他说：“哦，是的，我很同意你的说法，艾莲娜·马歇尔就是她自己这件命案最好的线索。”

布鲁斯特小姐简洁地说：“那么，就这样了。”

她笔直地站着，用冷静而充满自信的眼光扫过那三个男人。

韦斯顿上校说：“布鲁斯特小姐，你放心，马歇尔太太过去生活中的所有线索，我们都绝对不会忽略的。”

艾米丽·布鲁斯特走了出去。

坐在桌子前的科尔盖特警督挪动了一下身子，沉吟道：“她实在是一个很有主见的女人，对那个死者也心怀恨意，真的。”他停了一分钟，又想起来似的说，“可惜她早上的不在场证明无可置疑。你有没有注意到她的手，特别？大得像男人的手一样，而且她是个健壮的女人——甚至比某些男人更健壮……”他又停了一下，近乎乞求地望向波洛，“你说她今早始终没离开过海边，波洛先生？”

波洛缓缓地摇了摇头，他说：“亲爱的警督大人，她来的时候，马歇尔太太尚未到达精灵湾；而她在和雷德芬先生一起乘小船划出海之前，一直就在我眼皮底下。”

科尔盖特警督郁郁地说：“那她就没有嫌疑了。”他好像对此颇为遗憾。

像往常一样，赫尔克里·波洛一看到罗莎蒙德·达恩利，心中的愉悦之感便油然而生。即使她前来只是接受警方为一起谋杀案而进行的询问，也显得那么与众不同。

她在韦斯顿上校对面坐下，将优雅睿智的面庞转向他，说：“你要我的姓名住址吗？我叫罗莎蒙德·安妮·达恩利，我开了家罗斯蒙德服饰公司，在布洛克街六二六号。”

“谢谢你，达恩利小姐，现在，你能不能告诉我们一些与案情有关的事呢？”

“我想我大概说不出什么。”

“你本人的行动——”

“我大约在九点半吃过早饭，然后上楼到自己的房间里拿了几本书和遮阳伞，去了阳光崖，那时候大约是十点二十五分。我在十一点五十分左右回到旅馆，上楼去拿网球拍，到网球场去打网球，一直玩到吃午饭的时候。”

“你在那个叫作阳光崖的地方，从十点半一直待到十一点五十分？”

“是的。”

“你早上有没有见到马歇尔太太？”

“没有。”

“你在悬崖上的时候，有没有看到她划着小筏子到精灵湾去？”

“没有，想必在我到那里以前她已经经过那里了。”

“今天早上，你有没有注意到任何人乘着筏子或小船过去呢？”

“没有，我没有看到。你知道，我一直在看书。当然，我偶尔也会停下来眺望一下海面，可是每次海上都很安静。”

“连雷德芬先生和布鲁斯特小姐经过你都没有注意到？”

“没有。”

“我想，你跟马歇尔先生原先就认识吧？”

“马歇尔先生和我是世交，我们两家住隔壁。不过，我已经有很多年没有见到他了——大概总有二十年吧。”

“马歇尔太太呢？”

“在这里见到她之前，我跟她没说过几句话。”

“据你所知，马歇尔先生和他太太之间的关系好不好？”

“我想，很好吧。”

“马歇尔先生很爱他太太吗？”

罗莎蒙德说：“大概是的，这方面我实在不清楚。马歇尔先生是个很传统的人——不像现在的人那样习惯于把婚约誓言挂在嘴上。”

“你喜欢马歇尔太太吗，达恩利小姐？”

“不喜欢。”她说得平静而不动声色，听起来意思明确——那还用说吗。

“为什么呢？”

罗莎蒙德似笑非笑地说：“想必你已经发现艾莲娜·马歇尔在她的同性之中很不受欢迎吧？她跟女人在一起就厌烦得不行，而且毫不掩饰。不过，我倒很欣赏她的穿着品位，她对服饰搭配很有天分，替自己挑选的衣服都恰到好处，打扮得很好。我倒希望她能做我的客户。”

“她在衣饰上花钱很多吧？”

“想必是的。不过她自己有私房钱，而马歇尔先生也很有钱。”

“你有没有听说，或是注意到马歇尔太太受到别人勒索，达恩利小姐？”

罗莎蒙德·达恩利的脸上流露出非常惊讶的表情。她说：“有人勒索？艾莲娜？”

“这话好像令你大为吃惊。”

“呃，没错，这太不可思议了。”

“可是，肯定会有这种可能性吧？”

“凡事皆有可能，不是吗？人生在世用不了多久就会了解这一点的，可是我想不出有什么人会有什么事可以用来勒索艾莲娜。”

“我想，总有些事，是马歇尔太太不希望传到她丈夫耳朵里去的吧。”

“呃，说得也是。”她微笑着解释她语气中的怀疑，“我的确心存疑惑，不过话说回来，你也知道，艾莲娜的行为令她声名狼藉，没人觉得该对她有所尊重。”

“那么，你想她的丈夫是不是知道她——和别人的暧昧关系呢？”

罗莎蒙德半天不说话，皱着眉头。最后，她终于勉为其难地慢慢说道：“你知道，我实在不知道该怎么想，我一向认为肯尼斯·马歇尔相当坦然地接受了他的太太，而且知道她是个什么样的人，对她也不抱任何幻想。但事实上可能并非如此。”

“他有可能对她绝对信任吗？”

罗莎蒙德有些愤愤地说：“男人都是傻瓜。肯尼斯·马歇尔表面上看起来洞明世事，其实并不是个见多识广的人。他也许会盲目地相信她，也许认为她只是——受人仰慕而已。”

“而你知道有谁，或是你听说有谁对马歇尔太太心怀恨意的？”

罗莎蒙德·达恩利微微一笑。“只有一些讨厌她的太太们。但我想她既然是被掐死的，凶手想必是个男人。”

“是的。”

罗莎蒙德沉吟着说：“呃，我想不起什么人有嫌疑，不过，也许我本来了解得就不多。你们应该去问跟她关系比较亲近的人。”

“谢谢你，达恩利小姐。”

罗莎蒙德在她的椅子里微微侧过身来，说：“波洛先生没有什么问题要问吗？”她脸上的笑容略带讽刺。

赫尔克里·波洛微微一笑，摇摇头说：“我想不起有什么要问的。”

罗莎蒙德·达恩利站起身来，走了出去。

第八章

他们站在艾莲娜·马歇尔的卧室里，两扇落地窗外便是可以俯视海水浴场和大海的阳台。阳光照进房间，在艾莲娜的梳妆台上排放着的各种瓶瓶罐罐上闪烁。到处都是化妆品和美容用品。三个男人在这一大堆女性用的东西之间四处搜索。科尔盖特警督拉开每个抽屉，他哼了一声，因为发现了一捆信。他和韦斯顿一起把那捆信翻看了一遍。

赫尔克里·波洛走到衣柜前，打开柜门，看到里面挂着各式各样的礼服和运动装。他拉开另一边的门，下面堆着轻薄的睡衣，上面一块宽隔板上放了好几顶帽子，包括另外两顶不同颜色的纸板海滩帽——朱红和浅黄——还有一顶宽大的夏威夷草帽。另外还有一顶深蓝色亚麻布帽子，三四顶装饰性小帽，想必价钱都不便宜——还有深蓝色的小贝雷帽，一束黑色天鹅绒的羽毛状头饰，以及浅灰色的头巾帽。赫尔克里·波洛在那里看了一会儿，唇边漾起了一丝笑意。他喃喃地说了声："唉，女人！"

韦斯顿上校把那些信折起来。“三封是年轻的雷德芬写来的。”他说，“那个该死的小笨蛋。用不了多少年他就知道千万别给女人写情书，她们总会保留着这种信件，却赌咒发誓说已经烧了。这里还有一封信，也是这种东西。”他把信递过去，波洛接了过来。

亲爱的艾莲娜：

上帝知道我是多么忧伤。我就要动身去中国了——也许从此天涯海角，很多年无法和你相见。不知道还有谁会爱一个女人像我爱你这样疯狂。谢谢你的那张支票，他们现在不起诉我了。这次差点搞砸了，都是因为我想为你发笔大财。你能原谅我吗？我想把钻石戴在你的耳朵上——那么可爱的耳朵，还要用奶白色的大珍珠围住你的颈项，只不过他们说最近珍珠不流行了。那么，弄块大翡翠好吗？对，就是这个，一块大的翡翠，凉凉的，绿绿的，里面隐藏着火。不要忘了我——我知道，你不会忘了我的，你是我的，永远属于我。

再见，再见，再见。

J.N.

科尔盖特警督说：“也许值得花些时间调查一下这位J.N.是不是真的去了中国，否则，呃，他说不定正是我们要找的那个人。他为那个女人神魂颠倒，将她视为天人，一旦发现她只是在玩弄他，还不得疯了？我觉得这个人就是布鲁斯特小姐提到的那个。嗯，我想可能有用。”

赫尔克里·波洛点点头说：“嗯，这封信很重要，我认为很重要。”

他转过身又环顾了一下那个房间——梳妆台上的瓶瓶罐罐，打开的衣柜，还有放在床上的一个大洋娃娃。

他们走进肯尼斯·马歇尔的房间——就在他太太房间的隔壁，但是两间房并没有门户相通。他这边也没有阳台。房间所朝的方向相同，有两扇窗，但房间要小得多。两扇窗之间挂了面镜子。右边窗侧的屋角里放了张梳妆台，上面搁着两把象牙发刷，一把刷衣服的刷子和一瓶发胶。左边窗侧的角落里则放了张写字台，上面有一架打开盖子的打字机，旁边是一大沓白纸。

科尔盖特很快检查了一遍桌上的东西。他说：“看起来一目了然。啊，这就是他今天早上说到的那封信。发信日期是二十四日——也就是昨天。这是信封，上面还有今天早上莱德卡比湾邮局的邮戳，似乎没什么问题，我们要看看他是不是提前做好了这些准备工作。”

他坐了下来，韦斯顿上校说：“你暂时在这里待着吧，我们要去其他房间看看。到现在我们还没允许大家进房间，他们都怨声载道了。”他们接着走进了琳达·马歇尔的房间。那个房间朝东，望出去可以看见岩石和底下的大海。

韦斯顿环顾一下房间，小声说：“估计这里没什么可看的。也许马歇尔会把什么不想被我们找到的东西放在他女儿房间里，不过也不太可能。这里不像是藏有凶器，或是什么该丢掉的东西。”他又走了出去。

赫尔克里·波洛留在了房间里。他在壁炉架上看到了一些颇为有趣的东西——那里最近烧过些什么。他跪下来，耐心地将找到的东西摊放在一张纸上。一大块形状不规则的蜡烛油，一些绿纸或卡片纸的碎屑，可能原本是一张日历，因为有块没有烧毁的碎片上有个数字“5”，还有印着的字迹“……而行……”另外有一根普通的针，一些烧毁的动物身上的东西，可能是毛发。波洛把这些东西整齐地摆成一排，凝视着它们，轻声细语道：“‘坐而言，不如起而行’，可能就是这句话。可是这些东西到底是怎么回事呢？真奇怪！”他捡起那根针，目光突然变得锐利起来。

他轻声细语地说：“我的天！难道是这么回事吗？”

赫尔克里·波洛从炉架边跪着的地方站起来，慢慢扫视着这个房间，他神色大变，变得很沉重，甚至严峻。

壁炉左侧有个架子，上面放着一排书。赫尔克里·波洛仔细地浏览了一遍书名。一本《圣经》，一本很旧的《莎士比亚戏剧选集》、汉弗莱·华德夫人所写的《威廉·阿什的婚事》、夏洛蒂·杨的《年轻的继母》《什罗普郡的年轻人》、艾略特的《大教堂谋杀案》、萧伯纳的

《圣女贞德》、玛格丽特·米切尔女士的《飘》，还有狄克森·卡尔的《燃烧的法庭》。

波洛抽出两本书，《年轻的继母》和《威廉·阿什的婚事》，看了一眼扉页上模糊的印章。就在他要把那两本书放回去的时候，却看见这些书后面还插着一本书，开本较小，封面是棕色软皮。他将书取出打开，极其缓慢地点着头，轻声细语地说："原来我想得不错……嗯，我是对的，不过另外那件事——难道也可能吗？不，不可能的，除非……"

他一动也不动地站在那里，摸着自己的胡子，不停地思索着，再次轻柔地自语："除非——"

韦斯顿上校在门口探进头来。"喂，波洛，你还在这里？"

"来了，来了。"波洛叫道。他匆忙走了出去。琳达隔壁的房间就是雷德芬夫妇住的，波洛一瞥之下，立刻发现里面显示出主人两种截然不同的个性——一边非常整洁有序，想必是克莉丝汀整理的；另一边则凌乱不堪，恰是帕特里克个性的表现。除了这些表现个性的细枝末节外，这个房间并没有什么东西引起他的注意。

再过去一间是罗莎蒙德·达恩利的，他在那里多逗留了一刻，只是因为很欣赏这个房间的主人。他注意到放在床头柜上的几本书，以及梳妆台上那些贵重但简单的化妆品，同时也嗅到了罗莎蒙德·达恩利常用的香水那种优雅的气味。

罗莎蒙德·达恩利的房间再过去，走廊尽头是一扇打开的落地窗门，通往一座阳台，阳台上有梯子直达底下的岩石。韦斯顿说："客人要想在早饭之前去游个泳的话，一般都走这条路——大部分人都喜欢从岩石上跳水。"

赫尔克里·波洛眼光闪动，一副大感兴趣的样子。他走到外面，低头望去，底下有一条小路通往开凿出来的阶梯，曲折地通往下面的海边。另外，还有一条小路绕过旅馆通往左侧。他说："可以走这道阶梯下去，从左边绕过旅馆，走上连着堤路的大路。"

韦斯顿点点头，接着波洛的话进一步说明："不用经过旅馆就可以穿过这个岛。"他又补了一句，"不过还是有可能被人从窗口看见。"

"什么窗口？"

"公共浴室朝这边有两扇朝北的窗子——朝北的——还有职员浴室，以及一楼的衣帽间和台球室。"

波洛点点头说："不过前面那几个地方的窗户都是毛玻璃，而早上天气好的话，也没人会去打台球。"

"说得对，"韦斯顿顿了一顿，说，"案子要真是他干的的话，他肯定走的是这条路。"

"你是说马歇尔先生？"

“对，不管是否有勒索，我觉得他都脱不了干系。你看看他的态度，唉，他那种态度真是太糟糕了。”

赫尔克里·波洛淡然地说：“也许吧，但是我们不能光凭态度断定凶手。”

韦斯顿说：“那你认为他没有嫌疑吗？”

波洛摇摇头说：“不，我不会这样说。”

韦斯顿说：“我们先看科尔盖特在打字那件不在场证明上调查的结果如何，同时，我再把这一楼当值的女佣找来问问，很多问题要靠她的证词来决定。”

那个女佣年约三十岁，生气勃勃，做事干脆利落，而且很聪明。她早就准备好了自己的证词。马歇尔先生大约是十点半过后不久上楼回到自己房间。她当时正在打扫，他请她尽快清扫。她后来没有再看到他回来，不过一会儿之后听到了打字的声音，她说那大约是十点五十五分。当时她在雷德芬夫妇的房间里打扫，之后又到走廊尽头达恩利小姐的房间去清扫，在那里就听不见打字声音了。她记得到达恩利小姐房里时刚刚十一点，进门时听见莱德卡比湾教堂的钟敲了十一下。十一点一刻的时候，她下楼去吃她十一点时该用的茶点，然后就到旅馆另一侧的房间去干活。在回答警察局局长的询问时，她说明了自己在这边打扫的几个房间依次是：琳达·马歇尔小姐的房间、两间公用浴室、马歇尔太太的套房、马歇尔先生的房间、雷德芬夫妇的套房还有达恩利小姐的套房。马歇尔先生和马歇尔小姐的房间都没有附带浴室。她打扫达恩利小姐的房间和浴室时，并没有听到有人从门口经过，或由阶梯下到海边去，不过即使有人悄悄走过，她多半也没听见。

韦斯顿接着问了些有关马歇尔太太的事。

这位叫格拉蒂丝·纳拉科特的女佣说，马歇尔太太平常不会那么早起床，所以她在十点刚过就发现马歇尔太太的房门开着，人已经下楼的时候，感到十分诧异，这的确不同寻常。

“马歇尔太太一直都在床上吃早点吗？”

“啊，是的，局长，一向如此。吃得倒是不多，只喝点茶和橙汁，再加一片吐司面包，像很多太太一样，要保持苗条。”没有，这天早晨她并没有觉得马歇尔太太的神态有什么反常之处，她看起来跟平常一样。

赫尔克里·波洛轻声细语地说：“小姐，你对马歇尔太太有什么看法？”

格拉蒂丝·纳拉科特望着他，说道：“呃，这我可不好随便说，对吧？”

“对，但你还是得说，我们很着急，急着听听你是怎么看她这个人的。”

格拉蒂丝有点不安地看了警察局局长一眼，他马上装出一副既同情又鼓励的表情。其实他觉得这位外国同事采取的询问方式不是很妥当。他说：“啊，对，当然，说吧。”

格拉蒂丝那种干脆利落劲忽然消失了。她摸着身上穿的印花衣服，说道："呃，马歇尔太太，她实在算不上真正的淑女。你想必也会这样说吧，我的意思是说，她比较像个女演员。"

韦斯顿上校说："她本来就是个女演员。"

"是的，先生，我就是这个意思。她向来想怎么样就怎么样，她并不，呃，她要是不想对人家客气的话，连装都懒得装。一下子笑容满面，一下子就翻脸，或者因为什么东西找不到了，或者她按铃叫人而人家没马上去，或者是她送洗的衣服没送回来，态度又粗鲁又刻薄。我们大家都不喜欢她。不过她的衣服很漂亮，而且，当然，她长得也很漂亮，所以会有很多人仰慕她。"

韦斯顿上校说："对不起，我不得不问你一个问题，这件事很重要。你能不能告诉我，她和丈夫之间的情形怎么样？"

格拉蒂丝迟疑了一阵，她说："您不是，该不会是，您不会认为是他干的吧？"

赫尔克里·波洛很快地问道："你认为呢？"

"哦，我可不会这样想，他是个很好的人。马歇尔先生不会做这种事，我敢说他绝不会做这种事。"

"但你并不那么确定，我从你的语气里就听得出来。"

格拉蒂丝吞吞吐吐地说："报纸上登过这样的事——因为嫉妒发生的案件。如果的确有什么暧昧的话——当然每个人都在议论——我是说，她和雷德芬先生之间有什么。而雷德芬太太是那么好、那么安静的一个女人，真让人感到耻辱。雷德芬先生也是位很好的绅士。可是男人若是碰到马歇尔太太这种女人，恐怕也就不由自主了——她那种女人向来我行我素。我想，做太太的恐怕得好好忍耐了。我相信，”她叹口气，顿了顿，“如果马歇尔先生发现了这件事的话——”

韦斯顿上校紧紧追问：“会怎么样呢？”

格拉蒂丝字斟句酌地说：“有时候我的确认为她很怕丈夫知道。”

“为什么这么说？”

“没什么确实的根据，我只是觉得——有时候她也——很怕他。他是个沉默寡言的人，但他并不，并不很随和。”

韦斯顿说：“可是你有没有什么根据？比如说他们之间说过的话。”

格拉蒂丝慢慢地摇头。

韦斯顿叹了一口气，继续说道：“唉，马歇尔太太今天早上收到几封信，你有没有什么可以告诉我们的？”

“大概有六七封吧，我记不清楚确切的数目。”

“是不是你送上去给她的？”

“是的，我像平常一样从办公室拿了信，放在早餐托盘里一起送上去。”

“你还记得那些信是什么样子吗？”

这个女孩子摇了摇头。“只是普通的信件，有些是广告和传单吧，我想，因为后来都被她撕碎了丢在托盘上。”

“那些撕掉的信呢？”

“丢进垃圾箱了，现在有一位警员先生正在检查。”

韦斯顿点点头。“字纸篓里的东西呢？倒在哪里了？”

“也在垃圾箱里。”

韦斯顿说：“唔，好，好，我想目前没什么别的事了。”

他询问地看了波洛一眼。

波洛把身子俯向前来。“你今早打扫琳达·马歇尔小姐房间的时候，有没有清理壁炉？”

“没有什么好清理的，先生，又没生过火。”

“壁炉里也没什么东西吗？”

“没有，干干净净的。”

“你什么时候去打扫她房间的？”

“差不多九点一刻吧，她下楼去吃早饭的时候。”

“那你是否知道，她吃完早饭之后有没有再回过房间？”

“我知道，她在九点四十五分的时候上楼来的。”

“她是不是就留在自己房间里了？”

“我想是吧。后来在快到十点半的时候，她又匆匆忙忙跑了出来。”

“你没有再进她的房间吗？”

“没有，那个房间已经打扫好了。”

波洛点点头，他说：“我还想知道一件事：今天早上有谁在吃早饭以前去游过泳？”

“另外那一侧和上面那层楼的情形我不清楚，我只知道这几间的情形。”

“我只要知道这个就行。”

“呃，今天早上只有马歇尔先生和雷德芬先生去游过泳。我想，他们总是一大早就下水的。”

“你有没有看到他们呢？”

“没有，可是他们的湿泳衣像平常一样晾在阳台栏杆上。”

“琳达·马歇尔小姐今早没去游泳吗？”

“没有，她的游泳衣是干的。”

“啊，”波洛说，“我要知道的就是这个。”

格拉蒂丝·纳拉科特主动说：“她大部分时间都去游早泳的。”

“其他三位呢？达恩利小姐、雷德芬太太和马歇尔太太。”

“马歇尔太太从来不去，达恩利小姐去过一两次吧，我想。雷德芬太太很少在吃早饭之前游泳——只在天特别热的时候才会，可是她今天早上没有游泳。”

波洛又点点头，然后问道：“不知道今天你负责打扫的房间里，有没有哪里少了个瓶子？”

“瓶子？什么样的瓶子？”

“不幸得很，我也不知道——可是若是哪个房间里真少了什么的话，你会不会注意到呢？”

格拉蒂丝坦率地说：“如果是马歇尔太太的房间，就不会知道了。真的，她那里瓶瓶罐罐实在太多了。”

“其他房间呢？”

“呃，达恩利小姐的房间我也不敢确定，她也有很多面霜和化妆水。可是其他人的房间我就会注意到了。我是说，如果我特别认真地去看，或是特别去注意的话。”

“那么你并没有特别认真地去注意过？”

“没有，因为我没有像我说的那样特别认真地去看过。”

“那你现在去看一看如何？”

“好的。”

她离开了房间，那件印花衣服窸窣作响一路而去。韦斯顿看着波洛说道：“这是怎么回事？”

波洛轻声细语地说：“我那一向有条有理的头脑被一些小事搅乱了！布鲁斯特小姐今天早上吃早饭之前到岩石下面去游泳，她说从上面丢下来一个瓶子，差点打中了她。所以我想搞清楚是谁扔的那个瓶子，又为什么要扔。”

“哎呀，随便什么人都会丢掉个瓶子。”

“绝不是随便丢的。首先，瓶子只能由旅馆东侧的窗子丢出去，也就是说，是从我们刚才检查过的某一个房间的窗口扔出去的。现在我问你，要是在你的梳妆台上或浴室里有个空瓶子的话，你会怎么办？我告诉你，你会扔进字纸篓，不会那么麻烦地走到外面阳台上，再把瓶子扔下海去！因为第一，你可能会砸到别人；第二，那样也太麻烦了。把瓶子扔到海里，只会是因为不希望这个特殊的瓶子被别人看到。”

韦斯顿瞪着他，说道：“我不久前刚跟杰普督察办过一次案，他常常说你的脑筋七弯八绕。你是不是打算告诉我，艾莲娜·马歇尔其实不是被人掐死的，而是被人用放在某个神秘瓶子里的神秘药物给毒死的？”

“不是，不是，我想那个瓶子里装的不是毒药。”

“那装的是什么？”

“我怎么知道？所以我才感兴趣。”

格拉蒂丝·纳拉科特走了回来，有点气喘吁吁地说：“对不起，先生，我看不出少了什么东西。我有把握说马歇尔先生的房间里什么都没少，琳达·马歇尔小姐和雷德芬夫妇的房间里也一样，另外我也确定达恩利小姐房里的东西没有少；可是马歇尔太太房里，我就说不准了，我刚才说过，她那里东西太多了。”

波洛耸了耸肩。他说：“没关系，就这样吧。”

格拉蒂丝·纳拉科特说：“还有什么别的事吗？”她扫视着每个人的脸。

韦斯顿说：“我想没有了，谢谢你。”

波洛说："谢谢你，没事了。你确定没有什么事——没有忘记什么应该告诉我们的吧？"

"关于马歇尔太太的事吗？"

"随便什么事，所有不同寻常、不合常理、说不通、有点特别、很奇怪的——反正是那种会让你觉得，或是会跟你同事说起'真奇怪'的事。"

格拉蒂丝有点疑惑地说："呃，你的意思是与案子无关的那一类小事吧？"

赫尔克里·波洛说："别管我的意思是什么，你不用明白我的意思。那么，你今天的确碰到过觉得'真奇怪'的事吗？"他把那三个字说得意味深长。

格拉蒂丝说："其实也没什么，就是有人在放水洗澡。不过我当时的确跟楼下当值的埃尔西说：'真奇怪，怎么会有人在中午十二点的时候洗澡？'"

"谁的洗澡间？谁在洗澡？"

"这我就不知道了，我们只是听到有水从这边的污水管排下来，我就跟埃尔西说了那句话。"

"你能确定那是有人在洗澡吗？不是谁在洗手？"

"啊！我很确定，放掉洗澡水的声音是不会听错的。"

波洛表示不需要再多留她了，于是他们让格拉蒂丝·纳拉科特离开了。

韦斯顿说："你不会认为有人洗澡是个重要线索吧，波洛？我是说，这方面应该没有什么关联，又没有血渍要洗掉，这正是——”他犹豫起来。

波洛插嘴道：“你要说的是，这正是掐死人的好处！没有血渍、没有凶器，不用丢掉或藏匿什么！除了体力之外什么也不需要，只不过还要有行凶的本性！”

他说得非常愤怒，情绪激动，韦斯顿不禁有点畏缩。

赫尔克里·波洛抱歉地笑笑。“哎，哎，”他说，“洗澡的事也许不重要，谁都可能洗个澡的。雷德芬太太在去打网球之前，或是马歇尔先生、达恩利小姐，我刚刚说过，谁都可以洗澡，这没什么。”

一名警员敲了敲门，把头伸进来说：“达恩利小姐找你们，她说想再见见你们二位。她说有件事忘了告诉你们。”

韦斯顿说：“我们现在就下去。”

他们先见到了科尔盖特。他哭丧着脸说：“劳驾一下，局长。”韦斯顿和波洛跟着他走进卡斯尔太太的办公室。科尔盖特说：“我找希尔德查过了打字的事，没什么疑点，这封信至少要花一个小时才打得完。如果说中间还得停下来想一下的话，恐怕花的时间还要更多。我想时间是没有问题的。还有，你看看这封信。”他把信递过来。

马歇尔先生大鉴：在阁下度假期间，致函相扰，殊感抱歉，唯与百利腾得公司所签合约，发生未能预见之紧急状况……

“差不多就是这些，”科尔盖特说，“发信日期是二十四日——也就是昨天。信封上是昨天伦敦的发出邮戳，以及今天早上莱德卡比湾的收到邮戳。信封和信纸上的字是同一部打字机打的，从内容上看，马歇尔完全不可能事先准备好回信。数字都是从信里引出来的——整件事完全没有任何疑点。”

“唔，”韦斯顿不快地说，“这下好像洗刷了马歇尔的嫌疑，我们得另找线索了。”他跟着又说道，“我得去见达恩利小姐，她正等着呢。”

罗莎蒙德步履轻快地走进来，笑容里略含歉意。她说：“实在抱歉，这件事也许不值得来打扰你们，可是人有时是会忘记一些事。”

“什么事呢？达恩利小姐？”警察局局长指了指椅子。

她摇摇头。“哦，小事一桩。不必坐下了，简而言之，我告诉过你们，我一早上都在阳光崖，但其实不完全是这样。我忘了中间我还回过旅馆一次，然后又出去了。”

“那是几点钟呢？达恩利小姐？”

“应该是十一点一刻吧。”

“你说，你回到了旅馆里？”

“是的，我忘了戴太阳镜，起先以为没关系，后来眼睛有点不舒服，所以决定回来拿一下。”

“你直接回你房间，然后又出去的吗？”

“是的，不过，我也去看了一下肯——呃，马歇尔先生，我听到他打字的声音，就想今天天气那么好，他却关在屋子里打字，实在太傻了。我应该叫他出去。”

“马歇尔先生怎么说呢？”

罗莎蒙德有点不好意思地微微一笑。“呃，我打开门的时候，他正忙着打字，皱着眉头，一副专心的样子，所以我就悄悄地走了。我想恐怕他都没看到我进去。”

“那这——又是几点钟的事？达恩利小姐？”

“正好十一点二十分，我出去的时候，看了一下走廊上的钟。”

“这等于是最后再加了个盖子。”科尔盖特警督说，“女佣听到他至少到十一点五分都在打字。达恩利小姐在十一点二十分又看见他，而那个女人死于十一点四十五分。他说他在房间里打字前后有一个小时，看起来，他的确是在房间里打字。这下马歇尔先生的嫌疑就彻底排除了。”他停了下来，有点好奇地看了看波洛，问道，“波洛先生好像在想什么事。”

波洛沉吟道：“我在想，达恩利小姐为什么突然自告奋勇来提供这个额外的证据？”

科尔盖特警督有点警觉地抬起头。“你觉得其中有诈？并不是她‘忘了’？”他想了一两分钟，然后慢吞吞地说，“我说，我们可以这样想，假设达恩利小姐并不像她说的那样早上在阳光崖，那是个谎言，而她在跟我们说完之后，又发现有人在别处见过她，或者有什么人上了阳光崖，却发现她不在那里。所以她很快地再编一套说辞，来告诉我们，以解释她不在那里的原因。你大概也注意到，她特别说到马歇尔先生并没有在她探头进去的时候看见她。”

波洛轻声说：“嗯，我注意到了。”

韦斯顿难以置信地问：“你是说达恩利小姐也牵扯在这件案子里吗？胡说八道，我觉得真是太荒谬了，她怎么会呢？”

科尔盖特警督咳嗽一声道：“你还记得那位美国女人加德纳太太的话吧？她好像暗示说达恩利小姐很爱马歇尔先生，这就是动机，局长。”

韦斯顿不耐烦地说：“艾莲娜·马歇尔不是女人杀死的。我们要找的凶手是个男人，我们在这个案子里要查的是男人。”

科尔盖特警督叹口气说：“唉，可不是吗，我们总是在这个问题上兜圈子，是吧？”

韦斯顿继续说：“最好派个警员去核查一下时间，比方说从旅馆绕到岛那头的梯子顶上要多久。让他跑一趟，再走一趟。上下梯子占用的时间也要算进去。最好再找人查查用小筏子从海水浴场划到精灵湾要多久。”

科尔盖特警督点了点头。“我会安排的。”他很自信地说。

警察局局长说：“我想去趟精灵湾，看菲利普有没有发现什么。那里还有我们听说过的妖精洞，应该去查查是不是有人在那里待过的痕迹。呃，波洛，你看呢？”

“绝对要查，这种可能性很大。”

韦斯顿说：“要是什么人从外边溜上小岛，那可是个很不错的藏身之处——如果他熟悉那里的话。我想本地人都了解吧？”

科尔盖特说：“我觉得年轻一代不会知道。自从这里的旅馆开业以后，这些海湾都成了私产，渔夫和野餐的人都不去了，旅馆里的人又都不是本地人。卡斯尔太太是在伦敦土生土长的。”

韦斯顿说：“我们可以把雷德芬带去，他跟我们提起过这个地方。你呢？波洛先生？”

赫尔克里·波洛迟疑了一下，用很重的外国腔说道：“不，我跟布鲁斯特小姐和雷德芬太太一样，不喜欢爬直梯子。”

韦斯顿说：“你可以坐船绕过来。”

赫尔克里·波洛又叹了口气。“我的胃一到海上就不舒服。”

“胡说，老兄，今天天气很好，大海平静得像小池塘，你不能让我们失望啊。”

赫尔克里·波洛几乎就要盛情难却地答应了。正在这时，卡斯尔太太从门口探进头来。“我希望没有打扰各位。”她说，“可是兰恩先生，你们知道，就是那位牧师，刚刚回来，我想你们大概想知道这件事。”

“啊，是的，谢谢你，卡斯尔太太，我们马上见他。”

卡斯尔太太又往房间里走了几步，她说：“我不知道有件事是不是值得一提，可是我听说再微不足道的怪事，也不该忽视——”

“对的，是什么事呢？”韦斯顿不耐烦地说道。

“没什么，只是一点钟左右的时候，有一位太太和一位先生来了，是从对岸过来吃午饭的。我告诉他们说这里出了点意外，在这种情形下，没办法供应午餐。”

“知道他们是什么人吗？”

“一点也不知道，当然，我也没请教他们的尊姓大名。他们表示很失望，也很好奇地想知道出了什么样的意外，当然，我什么也不能跟他们说。我看他们是夏天来玩的有钱人。”

韦斯顿略显唐突地说：“啊，好，谢谢你告诉我们这件事。也许并不重要，可是，什么事都注意到——呃——是对的。”

“当然，”卡斯尔太太说：“我希望能尽我应尽的责任。”

“对，对，请兰恩先生到这里来。”

斯蒂芬·兰恩大步走进房间，像平常一样生气勃勃。

韦斯顿说："我是本郡的警察局局长，兰恩先生，我想你已经听说这里出了什么事吧？"

"是的，啊，不错，我刚回来就听说了。真可怕……真可怕……"他清瘦的身子颤抖了一下，放低声音道，"已经有很长时间了，自从我来到这里，我就感觉到，感觉非常强烈，我们身边有邪恶力量存在。"他燃烧着激情的目光转到波洛身上，说，"你还记得吧？波洛先生，我们几天前的谈话，谈到我们面对着的邪恶现实？"

韦斯顿打量着这个瘦高的男人，觉得很难弄清他是个什么样的人。兰恩的目光回到他身上，微笑着说："你肯定觉得我的话很荒谬，先生，近来大家都不相信世界上仍然有邪恶存在。我们废除了地狱之火！我们不再相信有魔鬼！可是撒旦和撒旦的使者再也没有像今天这么有势力过。"

韦斯顿说："呃……呃……是的，大概吧。兰恩先生，这种事你在行，我这行比较无聊——只是要破这件谋杀案子。"

斯蒂芬·兰恩说："多可怕的字眼，谋杀！这是世人最早知道的罪恶之一——该隐无情地杀死了他无辜的兄弟……"

他停了下来，两眼微合，用比较正常的声音问道："我能帮什么忙吗？"

“首先，兰恩先生，能不能把你今天的活动告诉我？”

“可以。我今天很早就出发去步行。我喜欢步行，去过附近很多乡野地区。今天我去了圣培尔，大约离此地七英里远——沿着丘陵和山谷里那些弯弯曲曲的小路漫游，非常有趣。我随身带着午餐，在一个小树林里吃的。我也去了他们那里的教堂，教堂里有一些以前的玻璃碎片，可惜，只有些碎片而已，另外还有一扇画面很不错的屏风。”

“谢谢你，兰恩先生。你在路上有没有碰到什么人呢？”

“没有和人说过话。有辆车子经过我身边，还有两个骑脚踏车的男孩子，以及几头牛。不过，”他微笑道，“如果你要我提出证明的话，我在教堂的来宾签名簿上签过字，你可以去查。”

“在教堂里你也没有见到什么人吗？——比如执事或是堂守？”

斯蒂芬·兰恩摇摇头说：“没有，教堂里没有人，游客也只有我一个。圣培尔是个偏僻之处，村子还在教堂的半里之外呢。”

韦斯顿上校轻描淡写地说：“你可别以为我们，呃，怀疑你。我们只是要问清楚每个人的行踪。你知道，这是例行公事，例行公事而已。碰到这种事，就要走这些规定的程序。”

斯蒂芬·兰恩温和地说：“哦，我知道的。”

韦斯顿继续说道："第二个问题，你是不是知道一些有助于破案的情况？比如，有关死者的什么事，可以让我们抓到凶手的线索，或是你听到、看到的任何相关事？"

斯蒂芬·兰恩说："我什么都没听说。我能告诉你的是：我一看到艾莲娜·马歇尔，立刻就觉察到她是集邪恶于一身的女人。她就是邪恶！是邪恶的化身！女人可以是男人生活中的助力与灵感，但也可能会毁灭男人，令男人堕落到禽兽不如的程度。那个死去的女人正是这样一个女人。她代表了人类所有的原始本性。她就是《圣经》上所记述的妖女。现在，她在为非作歹的过程中被击倒了。"

赫尔克里·波洛动了一下身子。他说："不是被击倒的，是被掐死的，兰恩先生，是被一双人的手掐死的。"

牧师两手颤抖，十指紧握。他声音低沉而哽咽地说："真可怕，真可怕，你非得这么描述吗？"

赫尔克里·波洛说："事实如此。兰恩先生，你可知道那双手是谁的吗？"

兰恩摇了摇头，说："我不知道，什么也不知道……"

韦斯顿站了起来，朝科尔盖特看了一眼，对方向他微一颔首。韦斯顿说："呃，我们该去精灵湾了。"

兰恩说："事情就——发生在那里吗？"

韦斯顿点了点头。兰恩说："我能……能不能跟你一起去？"

韦斯顿正要婉拒，波洛却抢先一步说道："当然可以，陪我一起坐船去吧，兰恩先生，我们马上动身。"

第九章

帕特里克·雷德芬今天这是第二次划着小船前往精灵湾。

船上还坐着脸色苍白，一手捂着肚子的赫尔克里·波洛和斯蒂芬·兰恩。韦斯顿上校从陆路过去，因为略有耽搁，所以他到达海滩时，小船也正好驶入海湾。海滩上已经有一名警员和一个便衣警长，韦斯顿正在和便衣警长说话时，船上的三个人都走了过来。

菲利普警长说："我想海滩上每一寸地方我都查过了。"

"很好，有没有发现什么？"

"都在这边，局长，请过来看看。"

一小堆东西很整齐地排放在一块大石头上。有一把剪刀，一个空纸袋，五个特殊设计的瓶盖，几根用过的火柴，三条绳子，一两片碎报纸，一块打破了的烟斗的碎片，四颗扣子，一根鸡腿骨，还有一个装防晒油的空瓶子。

韦斯顿低头看看这些东西。"唔，"他说，"今天海滩上只收集到这些东西，还真不算多。大部分人好像都分不清海滩和公共垃圾站的区别。空瓶子已经丢在这里很长时间了，标签都模糊了——其他的东西我看也很久了。不过这把剪刀倒挺新，很有光亮，还躲过了昨天下的那场雨！这是在哪里捡到的？”

“靠近梯子下面，那块烟斗的碎片也是在那里找到的。”

“啊，可能是什么人从那里上下的时候掉的。看不出是什么人的吗？”

“看不出，很普通的用于剪指甲的剪刀罢了，烟斗倒是质地上乘，价钱不便宜。”

波洛若有所思地轻声说：“我想，马歇尔先生曾经跟我们说过，他的烟斗不知放到哪里去了。”

韦斯顿说：“马歇尔已经和这案子无关了，而且又不是只有他一个人抽烟斗。”

赫尔克里·波洛注意到斯蒂芬·兰恩的手伸向口袋，又缩了回来。他语调欢欣地问：“你也抽烟斗吧？兰恩先生？”

牧师吃了一惊。他望着波洛，说道：“是的，哦，我也吸烟斗，烟斗是我的老朋友和伴侣。”他又把手伸进口袋，拿出一支烟斗，装上烟丝，点了火。

赫尔克里·波洛走到雷德芬站着的地方，后者眼中毫无表情，低声地说：“我很高兴——他们已经把尸体移走了……”

斯蒂芬·兰恩问：“是在哪里发现她的？”

警长幸灾乐祸地说：“就在你站着的地方。”

兰恩赶紧跳到一旁，瞪着刚才他站过的地方。警长继续说：“从停泊小筏子的地方，推断她抵达的时间是十点四十五分。当时是顺潮水来的，现在流向反过来了。”

韦斯顿说：“照片都照好了吗？”

“照好了，局长。”

韦斯顿转身对雷德芬说：“好了，老兄，你说的那个山洞入口在哪里？”

帕特里克·雷德芬仍然盯着海滩上兰恩刚才站着的那块地方，仿佛他还能看见那具四肢伸展的尸体，尽管尸体已经移走了。

韦斯顿的声音唤回了他的神志。他说：“就在这边。”他领着大家向悬崖下面一大堆凌乱的岩石走去，直接走到并立的两块巨石之间，那里有一条狭窄的缝隙。他说：“入口就在这里。”

韦斯顿说：“这里？看起来不像一个人可以挤得过去的。”

“这是眼睛的错觉，局长，一人刚好可以通过。”

韦斯顿很快走进石缝，那里果然不像看上去那么窄。里面的空间渐渐变大，相当空，可以让人站直，也可以走动。赫尔克里·波洛和斯蒂芬·兰恩也走了进去，其他人则留在洞外。有光线从石缝里透进来，但韦斯顿还是打开大手电筒，在洞里各处照着。他说："很方便的地方，从外面猜不到里面会是这个样子。"他用手电筒仔细地在地上照着。

赫尔克里·波洛在空中不停地嗅着。韦斯顿注意到了，他说："空气很新鲜，没有鱼腥味或海草的腥气。当然会是这样，这里离最高水位线远着呢。"

可是对波洛敏感的鼻子来说，这里的空气不只是新鲜，而且有股淡淡的香味。他知道有两个人用这种香水……

韦斯顿关上手里的电筒。他说："这里没看到什么有问题的东西。"

波洛的目光投向比他头部略高的一块突出的石头。"从这里大概看不到上面有没有东西吧？"

韦斯顿说："如果上面有什么的话，一定是故意放在那里的。不过，我们最好还是查看一下。"

波洛对兰恩说："我想，我们三人里就数你最高，可不可以劳驾你看看上面是不是确实没有什么东西？"

兰恩踮起脚，可还是无法探摸完全。之后他发现石头上有个小缝，就把脚尖塞进去，利用双手将身体撑高了。他说："哎哟，上面有个盒子呢。"

一两分钟之后，他们回到洞外的阳光下，仔细看那位牧师找到的东西。韦斯顿说："小心，尽可能别碰它，恐怕上面有指纹。”

那是一个深绿色的铁皮盒子，上面有“三明治”的字样。

菲利普警长说：“我想，是什么人野餐之后丢下的。”他用手帕垫着打开了盖子，里面是一些小的铁制容器，标明盐、胡椒、芥末等，还有两个较大的方块形容器，显然是放三明治用的。菲利普警长把盐罐的盖子打开，里面的盐放得满满的。他打开第二个小罐的盖子，说道：“唔，胡椒罐子里放的也是盐。”放芥末的罐子里放的还是盐。这位警长脸上突然露出了警觉的神色，他打开方形扁盒的盖子，那里面同样放满了白色晶体状的粉末。

菲利普警长很快将手指伸进去蘸了下，送到舌边舔舔。他脸上表情大变，激动万分地说：“这不是盐，局长，根本就不是！味道是苦的！我想是某种毒品。”

“第三种角度。”韦斯顿上校哼了一声。

此时他们已回到旅馆。警察局局长继续说道：“如果这件案子还牵扯到贩毒，那又增加了好几种可能性，第一，死者可能也是贩毒团伙里的人，你想有这种可能吗？”

赫尔克里·波洛很谨慎地答道：“有这种可能。”

“也许她自己就是吸毒者？”

波洛摇了摇头说：“我对此表示怀疑。她精神状态稳定，身体健康，容光焕发，身上也没有注射的针孔——倒不是说这一点能证明什么，有些人是靠吸食的。我认为她不吸毒。”

“如果是这样的话，”韦斯顿说，“她有可能是偶然撞见他们，结果被人杀了灭口。我们马上就可以知道这些东西是什么，我送去给尼斯登化验了。如果真碰上了贩毒集团，他们可不是那种——”

他突然停住话头，因为门开了，贺拉斯·布拉特先生飞快地走了进来。布拉特先生看起来很热，他不停地擦着额上的汗水，洪亮的嗓音充斥了这个小小的房间。“我刚回来就听到这个消息！你是警察局局长？他们告诉我说你在这里。我的名字叫布拉特，贺拉斯·布拉特。我可以帮什么忙吗？我想大概没有用。今天一大早我驾着自己的船出海了，错过了所有的热闹。好不容易有一天在这么偏僻的地方出了这样的事，我又偏偏不在场。人生就是如此，是不是？你好，波洛，刚才没有看到你。原来你也在办这个案子？哦，好啊，我想你也不会袖手旁观的。歇洛克·福尔摩斯与地方警察，对不对？哈哈！真来劲，能看你表演些侦探的戏法，一定很过瘾。”

布拉特先生坐进一张椅子里，掏出个烟盒，递给韦斯顿上校。对方摇摇头，微笑道：“我抽烟斗。”

“我也一样。我也抽香烟——不过没什么比得过烟斗就是了。”

韦斯顿上校突然很亲切地说："那就抽抽烟斗吧，老兄。"

布拉特摇了摇头。"现在烟斗不在我身上。先和我说说这起案子吧。到现在为止，我听说的只是马歇尔太太被人谋杀，死在这里的一处海滩上。"

"是精灵湾。"韦斯顿上校一面说着，一面留意他的反应。

可是布拉特先生只是很兴奋地问道："她是被掐死的？"

"是的，布拉特先生。"

"讨厌，真令人厌恶！跟你们说吧，她这是咎由自取！事情很棘手吧，呃，波洛先生？知不知道是谁干的？或者说，我不应该问这个问题？"

韦斯顿上校带着淡淡的微笑说："唉，你知道，应该是由我们来发问才对。"

布拉特先生挥着手里的香烟。"抱歉，抱歉，是我的错，请问吧。"

"你今天早上驾船出海，是几点钟？"

"九点四十五分离开这里的。"

"有没有谁和你一起？"

"一个人也没有，完全孤零零一个人。"

"你去了什么地方呢？"

"沿着海岸往普利茅斯那个方向。我带着午餐，风不太大，所以我其实没有驶出多远。”

再问过一两个问题之后，韦斯顿问道：“关于马歇尔夫妇，你是不是知道一些有助于我们破案的事？”

“啊，我已经发表过意见，这是情欲引起的犯罪！我能说的就是：与我无关！漂亮的艾莲娜对我没有意义，这方面我们扯不上关系。她有她自己的蓝眼睛小伙子！要是你们问我的意见，我得说马歇尔已经觉察此事了。”

“你有什么证据说他觉察了？”

“我看到他有一两次恶狠狠地瞪着年轻的雷德芬。马歇尔可是匹黑马，看起来很软弱温顺，整天像没睡醒似的——他在伦敦的名声可并非如此。我听说过他的一两件事。他有次差点吃伤害官司，我告诉你。对方的生意手段卑鄙下流，马歇尔信任他，他却欺上瞒下。我想，那种做生意的手法太卑劣了，马歇尔发现后去找他算账，揍得他半死。那家伙没敢提起上诉，怕事情闹出来。我告诉你们这件事，是因为你们应该了解他的为人。”

“那你想有没有可能，”波洛说，“是马歇尔掐死他太太的？”

“我根本没这个意思，我从来没这么说。我只是想让你们知道他偶尔会大发雷霆。”

波洛说：“布拉特先生，出于某种原因，我们相信马歇尔太太今天早上到精灵湾去会见一个人。你知不知道她可能会去见谁呢？”

布拉特先生眨眨眼说："我都不用猜，肯定是去见雷德芬！"

"那个人不是雷德芬先生。"

布拉特先生似乎大吃一惊。他犹犹豫豫地说："那我就不知道了……唉，我想不出来……"他略微恢复了些平日的自信，继续说道，"我先前也说过，反正不会是我！我没那么好的福气！我想想看，不可能是加德纳——他老婆盯他盯得可紧呢！是巴里那个老家伙吗？该死！也不大可能是那个牧师。不过，我提醒你们，我曾经看到那位牧师总盯着她看。他总说她不好，可是和别人一样也喜欢饱饱眼福，是不是？世界上口是心非的人可多着呢，大部分人都是这样。你们知不知道上个月那件案子？牧师和教堂执事的女儿暧昧不清？可真让人大开眼界。"

布拉特先生咯咯地笑起来。

韦斯顿上校冷冷地说："你还能想到什么对我们有帮助的事吗？"

布拉特摇了摇头。"没有，想不起什么了。"他说，"我想，这总会有点轰动吧。新闻记者一定会像抢刚出炉的热蛋糕一样跑来。以后海盗旗旅馆就没什么好夸口的了，还说这里是什么隐居之地，哪里还算得上啊？"

赫尔克里·波洛轻声细语地说："你在这里过得不开心吗？"

布拉特先生的一张红脸变得比先前更红。他说："呃，我的确不开心。驾船出海还不错，此地的风景也不错，还有服务和餐饮——可是这里的人不够随和，你懂我的意思吧！我要说的是，我的钞票跟别人的钞票一样好使，我们都是到这里来寻欢作乐的，那为什么不大家在一起娱乐娱乐呢？总是三个一群两个一伙地各玩各的，几个人坐在一起，冷冷淡淡地跟你说——早安，晚安，是啊，天气真好。一点儿也不热闹开心，全是些木偶布娃娃。”布拉特先生停了下来——他的脸现在真是相当红了。他又擦了一下额头，有些抱歉地说：“对我的话不要放在心上，我一下子太激动了。”

赫尔克里·波洛轻声细语地说：“我们该怎么看布拉特先生？”

韦斯顿上校咧嘴笑道：“你认为他怎么样？对他你比我了解得多了。”

波洛柔和地说：“你们英国人有不少俗语可以用来形容他。未切割的钻石！白手起家的创业者！一心钻营的人！他是怎么样的人，取决于各人对他不同的看法，有人会觉得他可怜、可笑、可厌，可是我也觉得他还有另外一面。”

“那又是什么呢？”

赫尔克里·波洛两眼望着天花板，轻声细语地说：“我想他是——紧张。”

*　*　*

科尔盖特警督说："我已经把时间问题盘查过了。从旅馆走到通往精灵湾的直梯一共三分钟，也就是说，只要走到脱离旅馆客人视线的地方，再拼命跑过去，需要三分钟。"

韦斯顿眉毛一挑，他说："比我想象得要快多了。"

"从直梯下到海滩，需要一分钟四十五秒。上来的话是两分钟。做这个试验的是弗林特警员，他是运动员体质。照一般人走路和上下梯子的速度来算，全部过程需要十五分钟左右。"

韦斯顿点点头说："还有一件事我们必须调查清楚，就是烟斗的问题。"

科尔盖特说："布拉特抽烟斗，马歇尔也一样，还有那位牧师。雷德芬抽香烟，那个美国佬喜欢雪茄，巴里少校根本不吸烟。马歇尔房间里有一根清烟斗的通条，布拉特房间里有两根，牧师房里有一根。女佣说马歇尔有两只烟斗，另外一个女佣不太机灵，说不上来另外两个人有几只烟斗，只含含糊糊地说她注意到他们房间里有两只或三只。"

韦斯顿点了点头。"还有什么别的吗？"

"我也查过旅馆的职员，好像都是清白的。在酒吧间的亨利证实了马歇尔的话，说在十点五十分时见过他。负责管理海水浴场的威廉，早上大部分时间都在整修岩石上的梯子，他好像也没问题。乔治在网球场上画线，然后在餐厅外面整理花木。要是有人从堤路上岛的话，他们几个都不会看见的。”

“堤路上的潮水什么时候退尽？”

“九点半左右。”

韦斯顿摸着胡子。“真可能有人从这条路过来。我们又有了新的发现，科尔盖特。”他把在洞里找到那个三明治盒子的事告诉了这个警督。

有人在敲门。

“请进。”韦斯顿说。

来的人是马歇尔，他说：“你能告诉我什么时候可以安排葬礼吗？”

“我想我们后天就要验尸，马歇尔先生。”

“谢谢你。”

科尔盖特警督说：“对不起，这几件东西还给你。”他把那三封信递了过去。

肯尼斯·马歇尔有点挖苦地笑了笑。他说：“警方有没有试验过我打字的速度？我希望可以还我清白了吧。”

韦斯顿上校毫不介意地说：“是的，马歇尔先生，我想我们可以给你开张健康证明书。打出这些信上的内容至少要花一小时，而且，女佣听到了你在打字，一直到十点五十五分。二十分钟之后，另外一位证人又看到了你。”

马歇尔小声说：“是吗？这样一来大家都满意了。”

“是的，达恩利小姐在十一点二十分的时候到了你房间里。你当时正忙着打字，所以根本没注意到她进来。”

肯尼斯·马歇尔表情冷冷地说：“达恩利小姐这样说的吗？”他停了一下，“其实她错了，我看到了她，不过她不知道而已。我是从镜子里看到她的。”

波洛轻声细语地说：“但你并没有停下手里的工作？”

马歇尔干脆地说：“没有。我想把信赶完。”他停了一下，然后突然问道，“没有什么别的可以效劳的地方了吧？”

“没有了，谢谢你，马歇尔先生。”

肯尼斯·马歇尔点了点头，走出房间。韦斯顿叹了口气说：“这下我们最有希望的一个嫌疑犯没有了——排除了。啊，尼斯登来了！”

法医很兴奋地走进来。他说：“你们送来的东西真不得了。”

“是什么呢？”

“是什么？二乙酰吗啡，俗称海洛因。”

科尔盖特警督吹了声口哨。他说：“这下我们可搞对方向了！太好了，根据现在的情况，这桩案子后面还有毒品交易呢。”

第十章

几个人从红牛旅馆走出来，简短的验尸工作已经结束，结论还要再等两天。罗莎蒙德·达恩利走近马歇尔，低声说道："情形并没有那么坏，是吧，肯？"

他没有立刻回应。也许他注意到了很多村民注视他的眼睛，以及那些强行忍住才没有指向他的手指。

"就是他。""看，那就是那个女人的丈夫。""喏，他就是那个丈夫。""你看，走过去的那个人就是……"

这些嘀嘀咕咕的闲言碎语他是听不见的，但仍然能够感受得到。这是现代人的耻辱柱，相当于公开示众。他已经接触过媒体的人——那些信心百倍，口才极好的年轻人，拼命想推倒他以"无可奉告"砌起的那堵沉默之墙。不管他说了什么或是没说什么，本以为怎么都不会引起误解和误读，然而出现在第二天的报纸上的文章却被赋予了完全不同的意义。"在问到他是否同意妻子之死只能以杀人狂到了岛上之假设为唯一解释时，马歇尔先生表示——"如此这般。

照相机不停地响。就在这时，他听到罗莎蒙德熟悉的声音，于是半转过身——一个面带微笑的年轻人朝他高兴地点点头，趁机拍了张照片。

罗莎蒙德轻声说："马歇尔与友人在验尸后离开红牛小店。"马歇尔做了个苦脸，罗莎蒙德说："没有用的，肯！你必须面对这件事！我指的不仅是艾莲娜去世这个事实——我是说随之而来的这些麻烦。那些窥视的眼睛，那些搬弄是非的口舌，以及报纸上那些胡说八道——最好的办法就是直接面对并嗤之以鼻。用一些不知所云的话来搪塞他们，对他们不屑一顾。"

他说："你就是这么对付他们的？"

"是的。"她停了一下，"我知道，这不是你用的方法。你要的是保护色，要保持无所作为，静止不动，直到默默地淡出背景。可是在这里你做不到——这里没有可以让你淡出消失的背景，每个人都可以把你看得清清楚楚——像一只有斑纹的老虎在一块白布前面活动。你是那个被谋杀的女人的丈夫！"

"我的天，罗莎蒙德——"

她温柔地说："亲爱的，我这是为你好。"

他们默默地走了几步，然后马歇尔换了种语气说："我知道你是为我好，我并不是不知感激，罗莎蒙德。"

他们已经走到村外，还会有人看到他们，但附近并没有什么人。罗莎蒙德压低声音重复了一遍她起先所说的第一句话："情形其实并没有那么坏，是吧？"

他沉默了一阵，然后说："我不知道。"

"警方怎么想？"

"他们没有发表意见。"

过了一分钟之后，罗莎蒙德说："那个小个子，波洛，他是不是真的对案子很有兴趣？"

肯尼斯·马歇尔说："那天他好像一直在跟警察局局长密切合作。"

"我知道，可是他在做什么呢？"

"我怎么知道，罗莎蒙德？"

她沉吟道："他岁数挺大的，也许不会太精明吧。"

"也许吧。"

他们走到堤路上，那个小岛就在对面，沐浴在阳光下。罗莎蒙德突然说："有时候，事情都不像真的发生过，就在此刻，我就不能相信真的发生过……"

马歇尔缓缓地说："我想我懂你的意思。大自然总是那样，完全无动于衷！不过少了只蚂蚁而已，在大自然中不过如此！"

罗莎蒙德说："不错，确实也应该这样去看才对。"

他迅速瞥了她一眼，然后用很低的声音说道："不要担心，亲爱的，不会有问题的，不会有问题的！"

琳达从堤路那边过来接他们。她情绪激动不安，像一匹紧张的小马驹，年轻面庞上的双眼有浓重的黑眼圈，嘴唇干燥脱皮。她气喘吁吁地说："怎么样了？他们怎么说？"

她的父亲生硬地说："过两天才能知道。"

"这么说就是——他们还没决定？"

"是的，还需要更多的证据。"

"可是，可是他们是怎么想的呢？"

马歇尔不由得微微一笑。"啊，亲爱的孩子，谁知道呢？你说的'他们'是谁？验尸官？陪审团？警察？新闻记者？还是莱德卡比湾村里的渔民？"

琳达慢慢地说："我想我是说——警察。"

马歇尔平淡地说："不管警察的想法是什么，目前都没有透露。"说完这句话后，他的嘴就闭得紧紧的，径自走进了旅馆。

罗莎蒙德·达恩利正要跟着进去，琳达叫道："罗莎蒙德。"

罗莎蒙德转过身，那个女孩子愁闷的脸上流露出来的无声恳求触动了她的心。她挽起琳达的手，一起离开旅馆门前，沿着那条穿岛的小径走去。

罗莎蒙德温柔地说："不要想太多了，琳达，我知道这对你来说是个可怕的惊吓，可是老琢磨个没完也不行。这事是很可怕，这让你很难受，但你知道，你本来就不喜欢艾莲娜。”

她感到琳达的身子起了一阵颤抖，听到她答道：“嗯，我是不喜欢她……”

罗莎蒙德继续说：“如果只是悲伤的话，那是另一回事——你无法把悲伤抛在脑后，但如果是惊吓或震惊的话，只要不去想，不整天琢磨个没完，那还是可以置之不理的。”

琳达打断她的话。“你不懂的。”

“我想我懂，孩子。”

琳达摇摇头。“不，你不懂，根本就不懂，克莉丝汀也不懂！你们两个都对我很好，可是你们不懂我现在的感觉。你们只觉得这很不正常，我本来不必这么放在心上的，却偏偏想个没完。”她停顿了一下，“可是根本不是那么回事，要是你明白我知道什么的话——”

罗莎蒙德猛地一愣，她的身子并没有颤抖，相反却僵直了。她在那里呆立了一两分钟，然后将手由琳达的臂弯里抽出来，说道：“你知道什么，琳达？”

那个女孩子瞪着她，摇摇头，支支吾吾地说：“没什么。”

罗莎蒙德抓住她的手臂。她使的劲太大，让琳达皱起了眉头。

罗莎蒙德说：“小心点，琳达！你给我小心点！”

琳达的脸色刷白，她说：“我是很小心，一直很小心。”

罗莎蒙德急切地说：“听好，琳达，我一两分钟前说的话，现在还是那个意思，而且还要加一百倍。把所有的事忘掉，永远不要再去想这事。忘掉，忘掉……只要你愿意，就一定会忘掉的。艾莲娜已经死了，再怎么样也不能使她复生……忘掉一切，只想将来。最重要的是，要守口如瓶。”

琳达退缩了一下，她说：“你，你好像全都知道？”

罗莎蒙德斩钉截铁地说：“我什么都不知道！在我看来，就是有个杀人狂偷偷摸摸上了岛，把艾莲娜杀了，这是最大的可能性。我敢肯定，最后警方也会接受这个结论的。结论必须是这样，而且事情本来就是这样！”

琳达说：“要是爸爸——”

罗莎蒙德打断了她的话。“不要说了。”

琳达说：“我必须说一件事，我妈妈——”

“怎么了？她怎么了？”

“她，她曾经因为谋杀案而受审，是不是？”

“是的。”

琳达慢慢说道：“后来爸爸娶了她。这样看起来，好像爸爸并不认为谋杀是很不对的事——我是说，并不都是不对的。”

罗莎蒙德斩钉截铁地说道：“不准再说这些，即使对我也不要说！警方并没有掌握任何不利于你父亲的证据，他有不在场证明，一个无法推翻的不在场证明，他绝不会有事。”

琳达低声说道：“难道他们起先以为爸爸——”

罗莎蒙德叫道：“我不知道他们原先怎么想！可是他们现在已经知道不可能是他干的了，你懂不懂？不可能是他干的！”

她的语气十分权威，目光似乎在命令琳达接受她的说法。琳达长叹一声，罗莎蒙德说：“你很快就可以离开这里了，你会把一切都忘掉的！所有的一切！”

琳达突然用出乎意料的激烈语气说：“我永远也忘不掉。”

她掉转身子，跑回旅馆，罗莎蒙德目瞪口呆地望着她的背影。

“夫人，我想请问一两件事。”

克莉丝汀·雷德芬抬起头来，有些心不在焉地望着波洛。她说：“什么事呢？”

赫尔克里·波洛似乎没有注意到她的心不在焉，他早就发现了，她的视线一直追随着她那在酒吧外阳台上踱来踱去的丈夫。可是此刻他对别人夫妻间的问题并无兴趣，他要的是线索。他说：“夫人，我要问的是一句话——那天你偶尔说出来的一句话，引起了我的注意。”

克莉丝汀的视线仍然不离帕特里克。她说道："哦？我说的哪句话呢？"

"你在回答局长的问话时说的。你说案子发生的那天早上你到了琳达·马歇尔小姐的房间里，发现她不在，后来她回来了。就在那时候，局长问你她起先去了哪里。"

克莉丝汀有点不耐烦地说："我说她去游泳了，是不是？"

"啊，可是你那时候不是这样说的。你并没有说'她去游泳了'，你说的是'她说她去游泳了'。"

克莉丝汀说："那不是一样吗，有什么不同？"

"不，那是不一样的！你那么回答暗示出你心里有某种看法。琳达·马歇尔回到房间里——穿着泳装，可是，由于某种原因，你并不认为她是刚游泳回来，这从你的表述方式'她说她去游泳了'就听得出来——是不是由于她的态度，或是她身上穿的什么，或是她说的什么话，使你在她说自己去游泳了的时候颇感意外？"

克莉丝汀的注意力终于离开帕特里克，整个儿转到波洛身上。她颇感兴趣地说："你真聪明。一点儿也不错，我现在想起来了……当琳达跟我说她去游泳了的时候，我的确觉得有些惊讶。"

"为什么？夫人，为什么呢？"

"是啊，为什么呢？让我好好想想。啊，对了，我想是因为她手里拿着的包裹。"

“她拿着一个包裹？”

“是的。”

“你不知道里面是什么吧？”

“啊，我知道。包装散了，他们村子里捆东西捆得很松散。里面是蜡烛——全掉在地上，我还帮她捡了起来。”

“啊，”波洛说，“是蜡烛。”

克莉丝汀瞧着他说：“你好像很兴奋，波洛先生。”

波洛问：“琳达有没有说她为什么要买蜡烛呢？”

克莉丝汀答道：“没有，我记得她没有说。我想大概是晚上看书用的吧——也许电灯不大亮。”

“正相反，夫人，她床头的灯亮得很。”

克莉丝汀说：“那我就不知道她买蜡烛做什么了。”

波洛说：“她当时是什么神态——包装散了，蜡烛从纸包里滚落出来的时候？”

克莉丝汀慢吞吞地说：“她有些——不安，尴尬。”

波洛点点头，然后问道，“你有没有注意到她房间里有日历？”

“日历？哪种日历？”

波洛说：“可能是绿色的日历——可以一张张撕下来的。”

克莉丝汀翻着眼睛，努力回想。“绿色的日历，翠绿色的，不错，我见过这样的日历，不过记不得是在哪里见过的。有可能是在琳达房间里，我不能确定。”

“但你绝对见过这样的东西？”

“是的。”

波洛又点点头。克莉丝汀直截了当地问他：“你在暗示什么？波洛先生，这到底是什么意思？”

波洛不作答，却拿出一本褪色棕皮装订的小书来。“你以前有没有见过这本书？”

“哎，我想，我不大确定——对，那天琳达在村子里的租书店看这本书，但我走近她的时候，她就把书一合，很快放回了架子。我还纳闷她看的是什么书呢。”

波洛默默地把书名给她看：《巫术及无迹可寻毒药史》。

克莉丝汀说：“我不懂，这一切到底是什么意思呢？”

波洛语气沉重地说：“夫人，其中的意思可能相当多。”

她询问地望着他，可是他并没有继续这个话题，却又问道：“还有一个问题，夫人，那天早上你在去打网球之前有没有洗澡？”

克莉丝汀又睁大了眼睛。“洗澡？没有，我当时根本没有时间，而且我也不会想到洗澡——不会在打网球之前洗澡的，要洗也是在打过球之后。”

“你回来之后，有没有用过浴室？”

“只洗了脸和手，如此而已。”

“完全没有放洗澡水？”

“没有，我很确定没有。”

波洛点了点头，说：“这件事不重要。”

赫尔克里·波洛在加德纳太太的桌边停下来。正在绞尽脑汁拼图的她抬起头，吓了一跳。

“哎呀，波洛先生，你怎么这么静悄悄地就走到我身边来了？我一点都没听到你的动静。你刚去参加过验尸吗？你知道，一想到验尸什么的，就让我紧张不安，不知该如何是好，所以我才会在这里拼图。我无法像往常一样在外面的海滩上坐着。加德纳先生是知道的，我神经紧张的时候，只有拼图游戏才能让我安静下来。哎呀，这块白的该放在哪里呢？一定是长毛地毯的一部分，可是我好像看不出……”

波洛温和地伸手从她手里拿过那块拼图，说：“应该放在这里，夫人，这是猫身上的一部分。”

“不可能的，这是黑猫。”

“是黑猫，不错，可是你看，黑猫的尾巴尖恰巧是白的。”

“哎呀，果然是这样！你真聪明！可是我觉得那些设计拼图游戏的人真够狡猾的，他们千方百计地捉弄你。”她放好另外一块，又继续说，“你知道，波洛先生，最近一两天我一直在观察你，想看你是怎么侦查破案的，你懂我的意思吧——听起来好像我没心没肺，把这当成一场游戏，其实不是的——毕竟有个可怜的人被杀死了。哎哟，每次一想到这儿我就不寒而栗！我今天早上还跟加德纳先生说，咱们赶紧离开这里吧。现在验尸也结束了，他说他觉得我们明天就可以走了，谢天谢地。不过关于破案的事，我真希望能了解你用了什么方法——你知道，要是你能向我解释说明的话，那我真是感激不尽。”

赫尔克里·波洛说：“那有点像你玩的拼图，夫人，我要把所有的碎片拼在一起，就像拼一幅镶嵌画，有各种不同的颜色，各种不同的式样，而每一片奇形怪状的小碎片，都要恰到好处地拼在合适的地方。”

“那不是很有趣的事吗？你解释得实在是太动人了。”

波洛继续说道：“有时候，它就像你刚才拼的这一块拼图碎片。玩这种游戏的时候有些常用的方法——比如按照不同颜色来分析判断——可是也许某个颜色的碎片看似应该拼在——比如说，长毛地毯上，其实却该拼在黑猫尾巴尖上才对。”

“哎，这可真是太奇妙了！有很多很多碎片吗，波洛先生？”

“是的，夫人，差不多旅馆里的每个人都给了我一块碎片让我去拼凑，你也是其中之一。”

“我？”加德纳太太的语气十分兴奋。

“是的。夫人，你的一句话对我极有帮助，可以说，大大地启发了我的思路。”

“哎哟，那真是太了不起了！你能不能再跟我多说一点儿，波洛先生？”

“啊，夫人，我要把这些说明留到最后一刻。”

加德纳太太咕哝着说：“哎哟！那可太遗憾了！”

赫尔克里·波洛轻轻敲了下马歇尔先生的房门，里面传来打字的声音，以及一声“进来”。波洛走了进去。马歇尔背朝着他，正坐在两扇窗子之间的小桌前打字。他并没有回头，但他的目光在对面墙上的镜子里望着波洛。他不客气地说：“哦，是波洛先生，什么事？”

波洛很快说道：“真对不起，这样来打扰你。你正在忙吗？”

马歇尔简洁地说：“很忙。”

波洛说：“只是有个小问题想问问你。”

马歇尔说：“我的老天，我讨厌再回答问题了。我已经回答过警方的问题，不想再被迫回答你的问题。”

波洛说：“我这个问题很简单。在尊夫人遇害的那天上午，你打完字之后，去打网球之前，有没有洗过澡？”

“洗澡？没有，当然没有！我在一个小时之前刚洗过澡。”

赫尔克里·波洛说：“谢谢你，没别的事了。”

“可是我说——哦——”马歇尔不知所措地停了下来，波洛退出门去，轻轻地带上了房门。肯尼斯·马歇尔说：“这家伙发的什么疯！”

波洛在酒吧间门口碰到了加德纳先生。他手里端着两杯鸡尾酒，显然正要送去给忙着拼图的加德纳太太。他很有风度地向波洛笑了笑。“来和我们一起坐坐吧，波洛先生？”

波洛摇了摇头，说：“你对这次的验尸调查感觉如何，加德纳先生？”

加德纳先生压低声音说：“我还看不出什么所以然。我想你们警方还有些事秘而不宣吧。”

“有可能。”波洛说。

加德纳先生把声音压得更低。“我很想尽早带加德纳太太离开这里，她是个非常非常敏感的女人，这件事让她神经紧张，真的很难过。”

赫尔克里·波洛说：“加德纳先生，我能不能请教你一个问题？”

“当然可以，波洛先生，我很高兴能帮上忙。”

赫尔克里·波洛说：“你是个见多识广的人——我想，你也是个绝顶聪明的人。坦率地说，你对已故的马歇尔太太到底是什么看法？”

加德纳先生吃惊地扬起眉毛，小心地环顾一下周围，然后压低声音说："波洛先生，我听到一些流言蜚语，你懂我的意思吧，那些女人特别喜欢扯这种闲话。"波洛点点头，"不过现在你问我，我可以告诉你我心里真正的想法——那女人实在是一个十足的傻瓜！"

赫尔克里·波洛若有所思地说："唔，这话有意思。"

罗莎蒙德·达恩利说："这回该我了，对吗？"

"对不起，你说什么？"

她笑起来。"那天警察局局长问话的时候，你就坐在旁边。今天，我想，你是在进行自己的非正式调查。我一直在观察你。先是找雷德芬太太，然后我从休息室窗子里看到，你跟玩那个讨厌的拼图游戏的加德纳太太在一起，现在轮到我了。"

赫尔克里·波洛在她身边坐了下来。他们在阳光崖上，下面的海水显出漂亮的绿色，再远一点的地方，海水却是一片耀眼的淡蓝色。波洛说："你非常聪明，小姐，我到这里之后一直这样认为。和你讨论这个案子会很愉快。"

罗莎蒙德·达恩利幽幽地说："你想知道我对这件事的看法？"

"那一定很有见地。"

罗莎蒙德说："我认为这件事其实非常简单，案子的线索就在这个女人的过去。"

"过去？不是现在？"

"哦！不一定是多么久远的事，我是这么看的。艾莲娜·马歇尔很有吸引力，男人很容易被她吸引，我猜她对男人也会很快就感到厌倦，在她的——我们这么说吧——追求者里，有个人对这一点大为不满。啊，不要误会我的意思，不一定是什么优秀人物，也许只是个微不足道的小人，虚荣，又很敏感，就是那种容易想不开的人。我想他跟踪着她来到这里，等到有机会，就把她杀了。"

"你是说他是外面来的人？从对岸来的？"

"是的，他很可能就藏身在那个洞里，等待下手的机会。"

波洛摇了摇头，说："她难道会到那里去见一个像你形容的这种人吗？不会的，她肯定对此嗤之以鼻，不会去的。"

罗莎蒙德说："她也许不知道自己会见到他，也许他是用别人的名字送信给她的。"

波洛轻声细语地说："这也有可能。"

然后他说："可是你忘了一件事，小姐。一个想谋害别人的凶手不会冒险在光天化日之下经过堤路，穿过旅馆。他会被人看到的。"

"是有这种可能性，不过也不一定，很可能他长驱直人而并没有被人注意到呢。”

“的确有这种可能性，这我同意，可是问题在于他并没有这种不被人看到的把握。”

罗莎蒙德说：“你忘记了一件事，天气。”

“天气？”

“不错，凶杀案发生那天，天气很好，可是前一天呢？你还记得吧，又有雨，又有雾。在那种雾气蒙蒙的情况下，如果有什么人到岛上来，是不会引人注意的。他可以直接走到精灵湾，在洞里过一夜。波洛先生，那场大雾是很重要的。”

波洛凝神看了她半晌，才说：“你知道，你刚才说的有不少很有道理。”

罗莎蒙德有点不好意思。她说：“那是我的推理，见笑了。现在说说你的推理吧。”

“啊，”赫尔克里·波洛说，他望着下面的大海，“小姐，我是个心思单纯的人，我总是相信最有可能犯罪的那个人嫌疑最重。这案子刚开始我就认定了一个人，各项证据都很清楚地指向他。”

罗莎蒙德的语气有些生硬。她说：“接着说。”

赫尔克里·波洛继续说：“可是你知道，出现了一些所谓的证据，似乎那个人根本不可能行凶。”

他听到她猛地松了口气，略带喘息地说：“是吗？”

赫尔克里·波洛耸了下肩膀。“是啊，我们该怎么办呢？这就成了问题。”他停顿一下，然后继续说，“我能请教你一个问题吗？”

“当然可以。”

她转过头来对着他，神色警觉，带有戒心，但波洛提出的问题却完全出乎她的意料。“那天早上你回房间换衣服去打网球的时候，有没有洗澡？”

罗莎蒙德睁大眼睛。“洗澡？什么意思？”

“就是这个意思，洗澡！一个大瓷盆，你扭开水龙头，放水进去灌满，进了浴缸，再出来，然后哗啦，哗啦，哗啦，水就从下水道里排放出去了。”

“波洛先生，你没事吧？”

“没有，我头脑清醒得很。”

“好吧，不管怎样，反正我没有洗澡。”

“哈！”波洛说，“原来谁都没有洗澡，这实在是太有意思了。”

“可是为什么要有人洗过澡呢？”

赫尔克里·波洛说：“可不是嘛，为什么呢？”

罗莎蒙德有点不快。“我猜这就是福尔摩斯的手法吧！”

赫尔克里·波洛微微一笑，然后他嗅了一下空气。“我能不能再冒昧地问一个问题，小姐？”

“我相信你的问题是不会冒昧的，波洛先生。”

“你太客气了。那么我斗胆说一句，你用的香水气味不错，有种特殊的质感，香气迷人。”他挥了挥手，然后用实事求是的语调补充道：“我想，是佳百丽八号香水吧？”

“你可真聪明，不错，我一向用这种香水。”

“已故的马歇尔太太也用这个牌子的香水。它很流行？而且很贵吧？”

罗莎蒙德耸了耸肩膀，微微一笑。

波洛说：“在案发的那天早上，你就坐在我们现在坐的这个地方，小姐，有人看见你在这里，或者说，至少在布鲁斯特小姐和雷德芬先生划船经过的时候，看到了你的阳伞。在那个早上，小姐，你肯定没有下到精灵湾，进过那个山洞——就是那个有名的妖精洞吗？”

罗莎蒙德转过头注视着他，以很平静的声音问道：“你是不是在问我有没有杀艾莲娜·马歇尔？”

“不是的，我是在问你有没有进过妖精洞。”

“我甚至连那个洞在哪里都不知道。我为什么要进洞里去？有什么原因吗？”

“在罪案发生的那天，小姐，有个用佳百丽八号香水的人到过妖精洞里。”

罗莎蒙德斩钉截铁地说：“你自己刚才也说过，波洛先生，艾莲娜·马歇尔也用佳百丽八号香水。那天她在那里的海滩上，大概是她进过山洞吧。”

“她为什么要到山洞里去呢？那里面又黑，又狭窄，又不舒服。”

罗莎蒙德不耐烦地说道：“我怎么知道为什么？因为她本来人就在那里，所以是最可能进洞的人。我早就告诉过你，我整个早上都没离开过。”

“只除了你回旅馆去马歇尔先生房间的时候。”波洛提醒她说。

“啊，对了，我忘了这件事。”

波洛说：“而且你还搞错了一件事，小姐，你以为马歇尔先生没有看到你。”

罗莎蒙德难以置信地说：“肯尼斯说他看到了我？他，他是这么说的吗？”

波洛点了点头。“小姐，他从挂在书桌上面的镜子里看到了你。”

罗莎蒙德倒吸一口气。她说：“哦，是这样。”

波洛不再眺望大海，他盯着罗莎蒙德放在膝盖上的双手。

她的手形很好，手指修长。罗莎蒙德瞥了他一眼，顺着他的眼光望去，直截了当地说：“你看我的手做什么？难道你以为，难道你以为——”

波洛说：“我以为——什么？小姐？”

罗莎蒙德·达恩利说：“没什么。”

大约一个小时之后，赫尔克里·波洛走在通往鸥湾的小路上，路的尽头是海滩，有个人坐在那里，个子不高，穿着红衬衫和深黄色短裤。波洛离开小路走向海滩，他穿着新款的时髦皮鞋，小心翼翼地挑选着下脚的地方。琳达·马歇尔猛地转过头，他觉得她似乎畏缩了一下。他在她身边的沙滩上坐下，她的目光落在他的脸上，如落入陷阱的小动物一样怀疑而警觉。他突然感到她是那样年轻和脆弱。

她说："什么事？你想干什么？"

赫尔克里·波洛沉默了几分钟，然后说："那天你告诉警察局局长说你喜欢你的继母，她对你也不错。"

"那又怎么样？"

"其实不是这样的，对不对，小姐？"

"怎么不是？就是这样。"

波洛说："她可能并没有故意对你不好——这一点我同意。可是你并不喜欢她——啊，我想你很讨厌她，这是一目了然的。"

琳达说："也许我并不是特别喜欢她，可是人已经死了，就不能再这么说，这样不太得体吧。"

波洛叹口气："你是在学校里受到这种教育的吗？"

"差不多是吧。"

赫尔克里·波洛说："在有人被谋杀的时候，说出实话要比是否得体重要得多。"

琳达说："我就知道你会这样说。"

"我会这样说，而且我也这样说了。这是我的职责，你知道，我要查出是谁杀了艾莲娜·马歇尔。"

琳达咕哝道："我想把这件事忘掉，这太可怕了。"

波洛温和地说："可是你忘不了，是吗？"

琳达说："我想是个凶残的疯子杀了她。"

赫尔克里·波洛轻声细语地说："不会的，我认为并不是这样的。"

琳达倒吸一口气。她说："你这话听起来——好像你已经什么都知道了。"

波洛说："也许我的确已经知道了。"他顿了顿，又继续说，"孩子，你能不能相信，我会尽一切的力量来帮你解决麻烦？"

琳达一跃而起，她说："我没有任何麻烦，你也帮不上我什么忙，我不知道你在说些什么。"

波洛望着她说："我说的是蜡烛……"

他看到她两眼中突然露出恐怖的神情。她叫道："我不要听你的话，我不要听！"她冲过海滩，像只年轻的羚羊，顺着弯弯曲曲的小径一路跑了上去。

波洛摇摇头，表情沉重而忧虑。

第十一章

科尔盖特警督在向警察局局长报告。

“我查到了一件事，局长，这件事比较耸人听闻，跟马歇尔太太的钱有关。我和她的律师交流了一下，可以说，他们对此相当震惊。我得到她被人勒索的证明了。你还记得老厄斯金爵士赠给她五万镑吧？呃，她现在手里只剩下大约一万五千镑了。”

韦斯顿吹了声口哨。“哦，其余的钱呢？”

“关键就在这里，局长，她不时会卖出一些东西，而且每次都要求现金或是无记名债券——也就是说她把钱交给某人之后，不希望留下让人追查得到的痕迹。一定是勒索。”

警察局局长点点头。“看来的确如此。而勒索者就在这个旅馆里，也就是说，必定是这三位男士之一。对这几个人有新的了解吗？”

“说不上有什么特别的疑点，局长。巴里少校是个退休军人，和他说得那样，住一间小公寓，有一份养老金，还有股市上赚的一点钱。不过去年他的银行账户里有几笔大额收入。”

“这倒是个有用的线索。他怎么解释？”

“说是赛马赢来的，他的确热衷于去各种大型赛马活动，也下注赌马，不过并没有固定的户头。”

警察局局长点了点头。“的确很难驳倒他的说法，”他说，“不过这是个线索。”

科尔盖特继续说道：“接下来是斯蒂芬·兰恩牧师，他的资料没有问题——原先在萨里郡白崖镇的圣海伦教区，因为健康状况不佳，一年前辞去了圣职。他因病住进一家精神病疗养院，在那里住了一年多。”

“很有意思。”韦斯顿说。

“是的，局长，我尽量想从负责诊治的大夫那里挖点线索出来，可是你知道那些医生都很难说话——反正他们就是不提供你想要的那些东西。不过据我调查，这位牧师的病在脑子里，属于那种魔鬼幻想偏执症——特别是女人形态的魔鬼——猩红色的女人，巴比伦的妓女什么的。”

“嗯，”韦斯顿说：“也有因此而杀人的先例。”

“是的，局长，我觉得至少可以说兰恩牧师还是有谋杀可能性的。已故的马歇尔太太正是这位牧师心目中的坏女人典范——红头发，生活堕落等。在我看来，要是他认为自己肩负上天派来除掉那个女人的使命，也不是绝无可能的事。我是说，如果他真的疯了的话。”

“他身上有什么与勒索有关的线索吗？”

“没有，局长。我想在这方面他应该是清白的。他有点个人积蓄，数额不大，最近也没有突然增加。”

“案发那天他的行踪有没有什么疑点？”

“说不好，无法确定。没人记得在路上见他走过去。至于教堂里的那本签名簿，他之前的最后一个名字也是三天前填进去的，而且从来没有人去看它。他可以轻而易举地在——比方说一天前，或是两三天前去，把自己签名的日期填成二十五日。”

韦斯顿点点头说：“第三位呢？”

“贺拉斯·布拉特。局长，在我看起来，他嫌疑最大。他交的所得税比他那五金生意能赚得到的利润还要多。请注意，他是个很滑头的商人，恐怕会想出合情合理的说法——比如说他在股市上有些收益，他还经营着几种其他生意。呃，反正，他总会自圆其说。不过再怎么说，他近年来一直有许多巨额收入，且来源不明。”

“那么，”韦斯顿说，“你是不是认为贺拉斯·布拉特先生是个成功的职业勒索者？”

“他要么是勒索，要么就是贩毒。我去见了缉毒组的督察里奇韦，他对这事极有兴趣。好像近来有大量的海洛因进来，他们能抓得到的都是些中小分销商。他们也多少知道链条那头主使的人可能是谁，可是他们搞不清楚这些毒品到底是怎么偷运进来的。”

韦斯顿说："要是马歇尔太太的死与毒品这事有关，不管她本人是不是无辜的，我们都最好把这个案子交给苏格兰场。那是他们要抓的鸟，对吧？你认为呢？"

科尔盖特警督有点懊恼地说："你说得不错，局长，如果跟毒品有关的话，那就是苏格兰场的案子了。"

韦斯顿想了一阵子之后说："这么解释看起来最合理。"

科尔盖特郁郁地点点头。"是的，不错，马歇尔已经与此事无关了——虽然我这里又有了一些关于他的线索，如果他的不在场证明不是那么好的话，还真有点用呢。他的公司情况不妙，有点摇摇欲坠。并不是他和合伙人做错了什么，只是去年发生经济危机，后来整个财经贸易领域一直重振乏力的结果。他是知道的，如果他太太死亡的话，他可以得到五万镑，而五万镑对他来说可是一笔很有用的数目。"他叹了口气，"看到有人持有非常好的谋杀动机，却证明他并没杀人，真是遗憾啊！"

韦斯顿微笑道："打起精神来，科尔盖特，我们还是有机会可以证明自己的破案能力的。还有关于勒索的线索，以及那个疯牧师的事。不过就我个人看来，恐怕还是贩毒的事最说得通。"

他又说："如果真是贩毒集团把她杀了的话，那我们也算是帮助苏格兰场解决了他们缉毒方面的问题，所以，归根结底，不管怎么样，我们都干得不错。"

科尔盖特勉强笑笑，说：“唉，就是这么回事，局长。顺便说一句，我还查过在她房间里发现的那封信的寄信人，就是署名J.N.的，没有问题，他的确在中国。就是布鲁斯特小姐跟我们说起过的那个小伙子，一个年轻的窝囊废。我也查过了马歇尔太太的其他朋友，毫无线索，我们能得到的资料，都早已经得到了。”

韦斯顿说：“那现在就看我们怎么处理了。”他顿了顿，又说道，“有没有看到我们那位比利时同行？你告诉我的这些，他都知道了吗？”

科尔盖特咧嘴一笑，答道：“他是个小怪人，是不是？你可知道他前天问我要什么吗？他要三年来所有关于扼杀案件的资料。”

韦斯顿上校一下子坐直了身子。“是吗，他要这些资料吗？我正在想——”他停了一分钟，“你说斯蒂芬·兰恩牧师是什么时候进精神病院的？”

“一年前的复活节，局长。”

韦斯顿上校陷入了深思。他说：“当年有个案子——一个年轻女子的尸体在巴格肖特附近被发现。她本来要去和丈夫见面，却始终没到。另外还有一宗报纸上称为‘荒树林神秘艳尸案’的，如果我没记错的话，两件案子都发生在萨里郡。”

他望着手下的警督。科尔盖特说：“萨里郡？哎呀，局长，那就是了，我想……”

* * *

赫尔克里·波洛坐在岛上的小丘顶上，他左边就是那道下到精灵湾的直梯。在梯子顶部有几块大石头，他注意到，如果有人想从梯子下到海滩去的话，可以先藏身在大石堆里。而由于突出的悬崖，从上面不大看得到下面的海滩。

赫尔克里心事重重地点点头，他那张镶嵌画的碎片在逐渐各就各位，他在脑子里把所有零敲碎打得来的材料又过了一遍：艾莲娜·马歇尔遇害前几天，某个早晨的海水浴场，各种人当时说的话，东一句，西一句，有那么几句互不相干的话。

那天夜里的牌局。他，帕特里克·雷德芬，还有罗莎蒙德·达恩利在牌桌上，克莉丝汀·雷德芬正好是明手，就走了出去，听到了某段谈话。当时在休息室的还有哪些人？不在场的又是哪些人？

凶案发生的前夜，他在崖上和克莉丝汀的那番谈话，还有他在回旅馆路上目睹的一幕。

佳百丽八号香水。

一把剪指甲的小剪刀。

一块烟斗碎片。

一个从窗口丢下去的瓶子。

一份绿色的日历。

一包蜡烛。

一面镜子和一架打字机。

一束毛线。

一块女孩子的手表。

下水管排放的洗澡水。

这些毫不相关的事实一定要各就各位，各自安置妥帖，衔接得天衣无缝。然后，等每一件确定的事实都归位之后，就要进行下一步！证实在岛上存在着邪恶……

邪恶……

他低头看看手里的一张以打字机打好的资料。

妮莉·帕森斯——被发现勒毙于近乔巴姆的杂树林内，至今尚未查出与凶手有关的任何线索。

妮莉·帕森斯？

艾莉丝·科里根。

他很仔细地研究着艾莉丝·科里根一案的细节。

科尔盖特警督朝坐在崖顶眺望海面的波洛走来。波洛很喜欢科尔盖特警督；他喜欢警督那张棱角分明的脸，那双精明的眼睛和那从容不迫的举止。科尔盖特警督坐了下来，低头看了看波洛手里的那张纸，说道："这几个案子都研究过了吗？"

"不错——我仔细地看过了。"

科尔盖特站了起来，走过去查看附近凹进的一处地方，说道："小心无大错，我可不希望有人偷听我们的谈话。"

波洛说："你很聪明。"

科尔盖特说："我不介意告诉你。波洛先生，我本人对这几个案子也很感兴趣——虽然如果你没向我要这些资料的话，我也想不起来。"他顿了顿，"我对其中的某个案子尤其感兴趣。"

"艾莉丝·科里根？"

"艾莉丝·科里根。"他说，"我曾向萨里郡的警方查问这个案子——希望能搞清楚来龙去脉。"

"和我说说，老兄，我对这案子有兴趣——非常有兴趣。"

"我想你也会有兴趣的。有人发现艾莉丝·科里根被掐死在黑山荒地的凯撒林里，距离妮莉·帕森斯陈尸的玛丽杂树林不到十英里，而这两个地方距离兰恩先生当牧师的白崖镇都不到十二英里。"

波洛说："艾莉丝·科里根的案子有没有更多的线索？"

科尔盖特说："萨里郡警方起先并没有把她的死和妮莉·帕森斯的案子连在一起，因为他们认为死者的丈夫是嫌疑人。他们不太了解这位丈夫，只知道报纸上称他为'神秘人物'，对他所知不多，不知道他是什么人，从哪里来的。她当初不顾亲友反对嫁给了他。她自己有不少钱，保了寿险，也是以他为受益人。这一切都会引起怀疑的，我想你同意吧？”波洛点了点头。

“可是真正调查下来，那个做丈夫的却完全洗脱了嫌疑。尸体是由一个在健行的女子发现的——一个穿着短裤的年轻女子。她是一个非常可靠的证人，是兰开夏郡一所学校里的体育老师。她发现尸体时注意了时间——四点十五分，也向警方表示了她的意见，说那个女人刚死不久，不超过十分钟。这和警方的法医在五点四十五分时检查尸体所得到的推论相同。她当时保留了现场，赶到巴格肖特的警局去报案。而从三点到四点十分，爱德华·科里根却正坐在从伦敦开来的火车上，他那天去伦敦办事。有四个人和他坐在同一节车厢里，他由车站搭乘当地的公共汽车。同时上车的还有和他一起坐火车来的两个人，他在松岩茶屋门口下车，因为他说好要在那里等他太太来一起喝茶。当时是四点二十五分，他叫了两杯茶，并交代等她到达之后再送来。然后他到店外走来走去等她。到了五点钟，她还没有到，他就觉得不对劲了，以为她大概是扭伤了脚。他们本来约定她从他们住的村子那头穿过沼泽地到松岩茶屋来，再和他一起乘公共汽车回去。凯撒林离茶屋不远，大家认为她大概觉得时间还早，所以在那里坐下来看看风景再走，不想正好碰到什么流氓或疯子，出其不意地杀了她。等做丈夫的证明和这件事毫无关系之后，警方当然就把这件案子和妮莉·帕森斯的案子联想到了一起——妮莉是个小女佣，被扼死在玛丽杂树林里。他们认为这两起案子是同一个人干的，可是始终没抓到凶手，而且连一点线索也没有，完全没有头绪！”

他停了一下，然后慢慢说道：“现在，是第三个被掐死的女人，而一个我们暂时不说他名字的先生又正好在场。”他停了下来，那双精明的小眼睛转到波洛的脸上，充满期盼地等他说话。

波洛的嘴唇翕动着，科尔盖特警督俯过身去，波洛正喃喃地说：“——真难判断哪几块属于长毛地毯，哪些又是猫的尾巴。”

“对不起，你说什么？”科尔盖特警督吃惊地问道。

波洛很快地说道：“对不起，我在想自己的心事。”

“长毛地毯和猫是怎么回事？”

“没什么，其实没什么。”他停了一下，“告诉我，科尔盖特警督，如果你怀疑什么人说谎，很多很多的谎言，可是你又没有证据，那你该怎么办呢？”

科尔盖特警督考虑了一下。“这很困难。可是我以为，要是一个人谎话说多了，最后一定会露出马脚的。”

波洛点了点头。“不错，这话太对了。你知道，我只是心里明白某些话是谎言，我认为那是谎言，可是我无法知道到底是不是。不过我可以做个小小的测验，用一个微不足道、不会被人注意的谎言来试探。如果能证明那人在这件事上撒了谎，那么，就知道他说的其他也都是谎话了！”

科尔盖特警督好奇地望着他。“真是奇思妙想，是不是？不过我敢说最后一定会试出来的。如果你允许我请教一下，你怎么会想到查问其他扼杀案的？”

波洛慢吞吞地说：“你们的语言里有一个形容词——娴熟。这件案子在我看来就是一件手法娴熟的罪案！这提醒了我，也许它不是第一起。”

科尔盖特警督说：“哦。”

波洛继续说道：“我对自己说，我们来查查过去和这类似的案子吧，如果有和这件案子非常类似的，那我们就得到很有价值的线索了。”

“你是说使用同样的谋杀方法？”

“不是，不是，我的意思绝不止这一点。比方说，妮莉·帕森斯的案子就让我一无所获。可是艾莉丝·科里根之死——我说，科尔盖特警督，你有没有注意到这两件案子之间有一点非常相似的地方呢？”

科尔盖特警督在心里把这个问题好好掂量了一番，终于说：“没有，我想我并没有真看出什么来，除非是，这两个案子里，做丈夫的都有牢不可破的不在场证明。”

波洛柔和地说：“啊，原来你注意到了这一点！”

“嗨，波洛，你好啊，快进来，我正要找你。”

赫尔克里·波洛走进来时，警察局局长推过来一包香烟，自己取了一支点上，一边吸，一边说道："我已经大致决定了行动的方向，不过在我采取实际行动之前，想听听你的意见。"

赫尔克里·波洛说："说说看，老兄。"

韦斯顿说："我决定给苏格兰场打电话，把这个案子移交给他们。在我看来，虽然我们有证据怀疑一两个人，但整个案子的关键却还是在毒品走私上。我觉得那个地方，就是精灵湾，很明显就是他们走私见面交货的地点。"

波洛点了点头。"我同意。"

"你真好。而且我也知道我们这里贩毒的人是谁，就是贺拉斯·布拉特。"

波洛又表示同意说："这一点也很清楚。"

"真是英雄所见略同。布拉特常常乘他那艘小帆船出海。有时他请人一起去玩，但绝大多数时候，他都是独自出海。他的船上用的是一张很怪异的红色大帆，可是我们发现他也有些白色的帆藏在船上。我想他会在说好的那天航行到某个地点，和另一艘船碰头——帆船或是摩托快艇——这类的，交接货物，然后布拉特顺着岛的岸边到达精灵湾。当然要找个适当的时间——"

赫尔克里·波洛微微一笑。"对，对，在下午一点半，那时是英国人的午餐时间，所有人肯定都在餐厅里。这个岛是私产，不会有外面的人到这里来野餐。有时候旅馆的客人把下午茶由旅馆改到精灵湾去吃，那也要等太阳晒到那里的时候。如果他们要吃野餐，就会到对面好几英里路远的田野去。”

警察局局长点点头。“一点也不错，”他说，“所以布拉特在那里上岸，把东西藏在妖精洞里的突岩上，留待别人来取货。”

波洛轻声细语地说：“你还记得，有一对夫妇在凶案发生那天要到岛上来吃午餐吧？那就是取货的方法之一。有些附近的避暑观光客会到海盗岛上来，说要在这里进午餐。他们先到岛上四处漫步，很容易就走到下面的海滩上，取走那个三明治盒子。毫无疑问，盒子会放进那位太太携带的游泳用品袋子里，然后回到旅馆来吃午饭——也许会迟一点，比方说是在差十分两点左右，大家都在餐厅里吃饭的时候。他们去欣赏岛上风景了嘛。”

韦斯顿说：“是的，听来相当合情合理。贩毒组织的人都是些凶残无情的家伙，要是有人冒冒失失地过去，撞破了他们的好事，他们会毫不犹豫就动手灭口的。我觉得这也许正是艾莲娜·马歇尔的死因。可能那天早上布拉特正在那个洞里藏货，当天中午接货的人就要来取货了。这时，艾莲娜乘着小筏子过来，看到他带着盒子走进洞里。她问起这件事，他就当场把她杀了，然后驾船逃之夭夭。”

波洛说：“你肯定布拉特就是凶手吗？”

“看来这是最可能的答案。当然也可能艾莲娜早已知道此事，跟布拉特说过什么，而贩毒组织里的其他成员设了个陷阱把她骗去干掉。我说过，我认为最好的办法就是把这个案子交给苏格兰场，他们要证明布拉特和那帮人有关，一定比我们方便得多。”

赫尔克里·波洛若有所思地点点头。韦斯顿说：“你认为这样做是不是很明智——呃？”

波洛想着心事，终于开口说：“也许吧。”

“见鬼，波洛，你是不是还暗藏着什么玄机，呃？”

波洛郁闷地说：“就算有，我也不敢说是不是一定能证明。”

韦斯顿说：“当然，我知道你和科尔盖特另有想法。在我看来，那未免有点异想天开。不过，我也承认你们的想法还是有些道理的。但即使你们是正确的，我仍然认为这案子该交给苏格兰场去办。我们把所有的事实告诉他们，他们可以和萨里郡的警察合作破案。我的感觉是，这实在不是我们办的案子，不完全是地方性的。”他停了一下，“你认为怎么样，波洛？你觉得我们该怎么办？”

波洛似乎一直沉浸在思索中，最后他说道：“我知道该怎么办了。”

“怎么办？”

波洛轻声细语地说：“我想安排一次野餐。”

韦斯顿上校目瞪口呆地看着他。

第十二章

"野餐，波洛先生？"艾米丽·布鲁斯特瞪着他，好像他脑子不正常似的。

波洛颇有煽动性地说："你是不是觉得我这么做不合适？可我的确觉得这是个再好不过的主意。我们需要做些平日常做的事，平平常常地去做，好让我们恢复往日的生活状态。我很想去感受一下达特穆尔的风光，天气又好。这样一定会——我该怎么说呢？这样一定会让大家心情好转的！所以，在这件事上帮帮我的忙吧，帮我去说服所有的人。"

他这个主意得到了意想不到的成功。每个人最初都有点迟疑，但随即都承认这个想法其实还不错。没人说不该请马歇尔先生，只是他自己说那天他正好得去普利茅斯。布拉特先生当然参加了，而且极度热心，决心要成为这个团体的中心人物。除他之外，去的人还有艾米丽·布鲁斯特、雷德芬夫妇、斯蒂芬·兰恩——加德纳夫妇也被劝说延迟一天动身，另外还有罗莎蒙德·达恩利和琳达。

波洛花了很长时间来说服罗莎蒙德，说这样可以舒缓琳达的心情。罗莎蒙德在这一点上表示同意，她说："你说得很对，这种打击对这个年龄的孩子来说相当大，使她紧张不安。"

"这是很自然的事，小姐，可是这个年龄的孩子很快就会忘掉的，劝她一起去玩吧，我知道你能说动她的。"

巴里少校却坚决拒绝，说他不喜欢野餐。"要带好多篮子，"他说，"而且一路上很不舒服。坐在餐桌上吃饭，我觉得就够好了。"

他们在十点钟集合，预定了三辆车。布拉特先生大声喧嚷，兴高采烈地模仿导游的口气吆喝道："这边走，各位女士，各位先生——这边是往达特穆尔去的，有好吃的、好看的，还有好玩的。各位先生，请带好你们的太太，带别的也行！每个人我们都欢迎！保证景色美如画！大家来啊！大家来啊！"

到了最后一分钟，罗莎蒙德·达恩利心烦意乱走下楼来。她说："琳达不去了，她说她头痛得很厉害。"

波洛叫道："可是去玩玩的话，对她会有好处的。去劝劝她吧，小姐。"

罗莎蒙德很坚决地说："没有用的，她已经下定决心不去了。我给了她几颗头痛药，她上床去睡觉了。"她迟疑了一下，说，"我想，也许我也不去了。"

"不可以，小姐，绝对不可以。"布拉特先生叫着，一把抓住她的手臂，“这位小姐一定要参加，不准拒绝！我把你逮住了，哈，哈，哈，判决你到达特穆尔去。”

他把她拉向第一辆车，罗莎蒙德气愤地瞪了赫尔克里·波洛一眼。

“我留下来陪琳达吧，”克莉丝汀·雷德芬说，“我无所谓。”

帕特里克说：“啊，来吧。克莉丝汀。”

波洛也说：“不行，不行，你一定要去，夫人。头痛的人最好独自休息，来，我们动身吧。”

三部车开了出去。他们首先到了位于西浦斯陀的正牌妖精洞，忙了半天找入口，最后借助一张风景明信片才发现入口的位置。洞口在下面一大堆乱石之中，赫尔克里·波洛没有爬下去。他望着克莉丝汀·雷德芬轻巧地在巨石上跳来跳去，看到她的丈夫寸步不离地跟在她身边；罗莎蒙德·达恩利和艾米丽·布鲁斯特也跟着大家一起寻找；不过艾米丽后来在石头上滑了一下，稍微扭伤了脚踝；斯蒂芬·兰恩精力充沛，瘦长的身子在巨石之间辗转腾挪着。布拉特先生只走了一小段路，大声吆喝鼓励大家继续努力，同时拍下很多照片。

加德纳夫妇和波洛一起坐在路边。加德纳太太提高声音，又开始她那没有什么抑扬顿挫的长篇独白，不时听见她丈夫乖乖的声音“是的，亲爱的。”——“波洛先生，我一向觉得，加德纳先生也同意——就是随便给人家拍照，真让人讨厌。我是说，除非是朋友之间拍照，那就另当别论了。那个布拉特先生真够迟钝的，一点都不顾及别人的感受，走到每个人面前，一面啰唆，一面就拍了你的照片。我那天还跟加德纳先生说过，这样做实在是没教养。我是这样说的吧？奥德尔，是不是？”

“是的，亲爱的。”

“那天他拍了一张我们这群人坐在海滩上的照片，唉，这倒也没什么，可是他应该先问一声的，结果，布鲁斯特小姐正要起身，照片拍出来，当然把她搞成一副怪相。”

“真是这样。”加德纳先生咧嘴笑道。

“而且布拉特先生把照片洗出来之后，送给每一个人，还是不先问一声。我注意到，他还给了你一张，波洛先生。”

波洛点了点头。“他说：‘我很重视我们这群朋友呢。’”

加德纳太太继续说：“你看看他今天的举止——高声大嗓，吵吵闹闹，俗透了。哎呀，简直叫我起鸡皮疙瘩。你应该想办法把他留在旅馆里的，波洛先生。”

赫尔克里·波洛喃喃地道：“唉，夫人，那可困难得很啊。”

“我想也是，那个人简直无孔不入，完全不知道别人是怎么看他的。”

就在这时候，下面传来一阵欢呼声，他们找到了妖精洞。

看完妖精洞，大队人马在赫尔克里·波洛的指导下，继续乘车往前走，在某处下了车，往小山下没走多远，就到了小河边一处风景优美的地方。河上架着窄窄的独木桥。波洛和加德纳先生扶着加德纳太太过了河，到了一处开满石南花、却没有杂树刺草的地方，正是野餐的理想地点。加德纳太太一边叨叨着她过独木桥时有多害怕，一边跌坐在地上。这时候，那边传来了一声惊叫。其他人都很轻快地跑过了独木桥，可是艾米丽·布鲁斯特却站在桥中间闭紧眼睛，身子乱晃。波洛和帕特里克·雷德芬赶忙跑去扶她。艾米丽·布鲁斯特又生气又难为情。“谢谢，谢谢，真不好意思，我过河的时候总会这样，觉得头昏眼花。真笨，是不是？”

午饭摆开，野餐开始了。所有人都暗自惊奇，觉得自己其实真的很喜欢这种出来玩的小插曲。也许这给了他们一个机会，可以从充满怀疑与惊惧的气氛中逃出来。

在这里，流水潺潺，空气中弥漫着芳香，身边开满色彩缤纷的石南花，那个有着谋杀、警察的盘查和怀疑的世界，似乎完全被屏蔽了，好像从来不曾有过。就连布拉特先生也忘了要做这个团体的中心人物，吃过午饭之后，他到一边去睡午觉，在睡梦中发出微微的鼾声。

到动身回去的时候，这些人都心怀感激。他们收拾起野餐篮子，为波洛想出这个好主意而向他道谢。在他们回到曲折小径上时，太阳开始徐徐下落。在俯瞰莱德卡比湾的小山顶上，他们看到那个上面有座白色旅馆的小岛，在夕阳中显得宁静而无邪，难得没有喋喋不休的加德纳太太叹了口气说：“我真要谢谢你，波洛先生，我觉得好平静。这实在是太美好了。”

巴里少校出来接他们。“喂，”他说，“玩得好吗？”

加德纳太太说：“玩得好极了！那里真是可爱得不得了，充满了英国风味和老世界的风情，空气都芬芳可爱。你这么懒，躲在旅馆里不去玩，真该感到惭愧才对。”

少校咯咯笑道：“我干这种事未免太老了——这把年纪怎么还能坐在烂泥地上啃三明治呢？”

一个女佣有点上气不接下气地从旅馆里冲出来，她犹豫了一下，就迅速跑到克莉丝汀·雷德芬面前。赫尔克里·波洛认出她就是那个叫格拉蒂丝·纳拉科特的女佣。她急急忙忙地说：“对不起，夫人，可是我有点担心那位小姐，马歇尔小姐。我刚给她送茶去，却叫不醒她，她看起来——样子好像很奇怪。”

克莉丝汀不知所措地四下张望，波洛马上赶到她身边，用手托着她的胳膊肘，不动声色地说：“我们上去看看。”

他们很快上了楼，沿着走廊到了琳达的房间。一看到她，两个人就知道大事不好。她脸色古怪，呼吸微弱到几乎没有的程度。波洛马上伸手去搭脉，同时他注意到床边小几的灯旁竖靠着一个信封，信封上写的正是他自己的名字。

马歇尔先生冲进房间来，他说："琳达怎么了？她出了什么事？"

克莉丝汀·雷德芬发出一声害怕的啜泣。赫尔克里·波洛回过头，对马歇尔说："找医生，赶快找医生，越快越好，不过我怕，我很怕，大概已经来不及了。"

他拿过那封写着他名字的信，拆开信封，里面是琳达用学生字体写的几行字：

> 我想这是解脱的最好方法，请父亲原谅我。我杀了艾莲娜。我原以为我会很高兴——可是并没有，我对一切都觉得遗憾……

他们聚集在休息室里——马歇尔、雷德芬夫妇、罗莎蒙德·达恩利和赫尔克里·波洛。他们默默地坐着——等着……门开了，尼斯登大夫走进来，简单地说："我已经尽力去救，她也许可以撑得过去——不过我必须告诉你们，希望并不大。"

他停了一下，马歇尔表情僵硬，两眼冷若冰霜。他问道："她怎么会有那些药的？"

尼斯登打开门，招了招手，那个女佣走进房间，她刚刚哭过。尼斯登说："把你看到的情形再给我们说一遍。"

那女孩子抽抽搭搭地说道："我根本没想到，我根本一点儿也没想到有什么不对——虽然那位小姐的样子有些古怪。"

那位大夫轻轻做了个不耐烦的手势，让她好好说。

"她在另外一位太太的房间里，雷德芬太太的，就是你的房间，夫人。她从浴室小柜子里拿出一个小瓶。我走进去的时候，她吓了一跳。我奇怪她为什么要到你房间去拿东西，可是，说不定那是她借给你的什么东西呢。她只说了声：'啊，我要找的就是这个——'就走出去了。"

克莉丝汀低声说："是我的安眠药。"

医生很唐突地问："她怎么知道你有安眠药？"

克莉丝汀说："我给过她一粒，在凶案发生的第二天晚上。她告诉我说她睡不着，她——我还记得她说：'一粒就够了吗？'我说：'啊，够了，这种药的药性很强。'我还说我一直很小心，最多只吃两粒。"

尼斯登点了点头。"她为了保险起见，"他说，"一共吃了六粒。"

克莉丝汀又啜泣起来。"哎呀，我觉得这全是我的错，我应该把安眠药锁起来的。"

大夫耸了一下肩膀。"锁起来是比较明智的，雷德芬太太。”

克莉丝汀绝望地说：“她就要死了——这都是我的错……”

肯尼斯·马歇尔在椅子上动了动身子。他说：“不是的，你用不着自责，琳达知道自己在干什么，她是有意吃的，也许——也许这样对她最好。”他低头看着手里捏皱的纸条——波洛默不作声递给他的纸条。

罗莎蒙德·达恩利叫道：“我不信，我绝不相信是琳达杀了她，以各种证据来说——绝无可能。”

克莉丝汀急忙说：“不错，不可能是她干的，她一定是受惊过度，想象出了这些事。”

门打开，韦斯顿上校走了进来。他说：“我听说了，是怎么回事？”

尼斯登从马歇尔手里将纸条拿过来，交给警察局局长。

韦斯顿看了一遍，难以置信地叫道：“什么？简直是胡说八道——完全是胡说，绝无可能。”他很有把握地重复道，“绝无可能！是吧，波洛？”

赫尔克里·波洛这才有了点动静。他以低沉而悲伤的声音说：“不，恐怕并不是绝无可能。”

克莉丝汀·雷德芬说：“可是我一直和她在一起的啊，波洛先生，我和她在一起，一直到十一点四十五分，我跟警方也说过了。”

波洛说：“你的证词给了她不在场证明——不错，可是你的证词是以什么为根据的呢？你的根据是琳达·马歇尔的手表。你离开她的时候，自己并不确切知道那是十一点四十五分——你之所以知道，只是因为她这样说。你自己也说过，觉得时间过得好快。”

她目瞪口呆地看着他，哑口无言。

波洛说：“你好好想一下，夫人，在离开海滩之后，你走回旅馆的速度是快，还是慢呢？”

“我——呃，我想，相当慢吧。”

“你还记不记得走回来路上的事？”

“恐怕不记得了，我，我当时正在想心事。”

波洛说：“很抱歉，我不得不问你这个问题。你能不能告诉我们你在走回来的路上想的是什么呢？”

克莉丝汀的脸红了。“我想——如果非得要说出来的话……我当时想的是——是离开这里的问题。我想不告诉我丈夫就一走了之。我——当时心情很不好，你知道的。”

帕特里克·雷德芬叫道：“啊，克莉丝汀！我知道……我知道……”

波洛插进来说：“你说得很清楚，你正在考虑采取一项很重要的行动。我想，那时候你对周遭的一切可以说是视而不见，充耳不闻。你说不定走得很慢很慢，偶尔还停下来几分钟，想想事情。”

克莉丝汀点点头。“你真聪明，事情正像你说得那样。我像梦游一样走着，从梦中醒来的时候，人已经到了旅馆门口。我赶紧进去，认为我大概要迟到了，不过等我看到大厅里的钟，才知道还有的是时间。”

赫尔克里·波洛再次说：“你说得很清楚。”他转身对马歇尔说，“我现在必须告诉你一些事。谋杀案发生之后，我在你女儿的房间里找到几样东西。壁炉里有一大块熔了的蜡、一些烧焦的毛发、硬纸板和碎纸，还有一根普通的针。那些碎纸和硬纸板也许没什么特别，可其他三样东西却表明了某种含义——尤其是后来我在书架上发现一本藏在后面的小书，那是从本地租书店里租来的，书里谈的是巫术和魔法。

“这本书一下子就翻到了其中一页，在那一页上谈的是各种杀人的方法，比方说用蜡做成人形，来代表诅咒对象，再将人形蜡慢慢烘烤至熔化——也可以用一根针刺进蜡人心脏部位，这样就可以让那个人丧命。我后来从雷德芬太太那里听说，琳达·马歇尔在谋杀案那天一早就出门去买了包蜡烛，被人发现她买了什么之后，她好像很尴尬。我可以很清楚地想象出之后的情节。琳达用蜡烛的蜡做了一个人形——也许在其中还加上了一小束艾莲娜的红发，以加强魔法的力量——然后用针刺进心脏，再放进壁炉里，将一些碎纸和硬纸板放在底下，点着了火，把蜡人熔掉。

“这种行为很孩子气，也很迷信，可是却显示出一点：谋杀的欲望！如果这种欲望不仅仅存留在心里呢？琳达·马歇尔是不是有可能真的杀了她的继母？起先看起来，她好像有很完美的不在场证明——可实际上，正如我刚才指出的，时间证据是由琳达本人提供的，她很可能把时间说得比实际的时间晚上十五分钟。

“很可能等雷德芬太太一离开海滩，琳达就跟在她后面上了山，越过那道窄窄的山脊，跑到直梯那里，飞快地沿梯而下，在海滩上找到她继母，将艾莲娜掐死，再赶在布鲁斯特小姐和帕特里克·雷德芬的小船划过来之前，爬梯子回去。她可以再回到鸥湾，游游泳，然后在她觉得合适的时候返回旅馆。

“但要做到这样必须有两个前提。首先，她必须确定艾莲娜·马歇尔在精灵湾，其次，她必须有能够将杀人付诸实施的能力。第一点是有可能的——比方说，琳达·马歇尔可以假借别人的名义写信约艾莲娜去。至于第二点，琳达手很大，而且很有力，像男人的手一样。至于杀人需要的那种力量，她这个年龄的孩子精神状况常常很不稳定，而精神刺激通常会使人产生出乎意料的力量。还有件小事情也应该提一提，琳达·马歇尔的母亲曾经因涉嫌谋杀而被起诉和受审。”

肯尼斯·马歇尔抬起头，气愤地说：“而她被判无罪开释了。”

“她是被判无罪开释了。”波洛表示同意。

马歇尔说：“我可以告诉你，波洛先生，露丝——我的太太——是无辜的，这件事我一清二楚，确定无疑。在我们共同生活的那段时间里，如果她确实做过什么的话，是绝对骗不过我的。她是个无辜的人，清白无辜，却被周围环境所逼迫。”他停下来喘口气，“我不相信琳达杀了艾莲娜，这太荒唐——太匪夷所思。”

波洛说：“那你认为这封信是伪造的了？”

马歇尔伸出手，韦斯顿把信交给他。马歇尔仔细地看了一遍，摇摇头说：“信倒不是伪造的，”他满心不情愿地说，“我相信这的确是琳达亲笔所写。”

波洛说：“如果真是她写的，那只有两种解释。要么她在写这封信时心中有数，明白自己就是杀人凶手，要么就是——我是说，否则就是——她故意这样写，替什么人做掩护，某个她认为会被人怀疑的人。”

肯尼斯·马歇尔说：“你是说我？”

“有这个可能，不是吗？”

马歇尔考虑了一下，然后很平静地说：“不对，我认为你这种想法不可理喻。琳达起初也许会以为我受到怀疑，但现在她肯定知道这种嫌疑已经排除了——她知道警方已经认可我的不在场证明，不再把注意力集中在我身上了。”

波洛说：“如果她并不认为你被怀疑，而是知道你有罪呢？”

马歇尔瞪视着他，发出一声短笑：“荒唐。”

波洛说："未必吧。你知道，关于马歇尔太太的死，有几种可能性。有个说法是她受到了勒索。她那天早晨就是去和那个勒索者见面，而勒索者掐死了她。也有种说法是精灵湾与妖精洞是贩毒组织用来将货转手的地方，而她被杀，是因为碰巧遇上了这些事。还有第三种可能——就是她是被一个宗教狂热分子所杀。另外第四种可能——你会因为你太太的死而得到一大笔钱，对不对，马歇尔先生？"

"我刚才跟你说过——"

"是的，是的——我同意你不可能杀害你太太的说法——不过那是说如果你一个人行动的话。可是假设有人帮你的忙呢？"

"你这是什么意思？"这个沉静的人终于被激怒了。他从椅子上欠起身，声音咄咄逼人，眼睛里燃烧着怒火。

波洛说："我是说，这件罪案的凶手不止一人，总共有两个人牵扯在里面。是的，你不可能一边打那封信，同时又到那个海滩上去杀人——但你有时间以速写的方式拟好信稿——让另外一个人在你房间里打字，自己则跑出去杀人。"

赫尔克里·波洛望向罗莎蒙德·达恩利。他说："达恩利小姐说她在十一点十分的时候离开阳光崖，看到你在房间里打字。几乎就在同一时间，加德纳先生回旅馆楼上替他太太找一束毛线。他既没遇到达恩利小姐，也没有看到她。显而易见，达恩利小姐若不是根本没有离开过阳光崖，就是她早就离开了那里，在你房间里卖力地打字。

“另外一点，你说达恩利小姐十一点一刻在你房间门口探头时，你在镜子里看到了她。可是凶案发生的那天，你的打字机和纸都放在房间角落的写字台上，而镜子则挂在两扇窗子之间。所以你的那句证词其实根本是谎言。后来，你把打字机搬到镜子下面那张小桌子上来，好印证你所说的故事——可是已经太晚了。我已经发现你和达恩利小姐两个人都在说谎。”

罗莎蒙德·达恩利开了口，她声音清晰地小声说：“你这个人真是鬼精灵！”

赫尔克里·波洛提高了嗓门说：“可是还不如杀艾莲娜·马歇尔的凶手那么鬼，那么精明！回想一下，当时我相信谁会是——每个人都相信谁会是——艾莲娜·马歇尔那天早上要去相会的人？我们都异口同声地断定是帕特里克·雷德芬。她并不是要去见勒索她的人，她脸上的神情让人一目了然，啊，不是勒索者，她去见的是情人——至少她以为要去见的是情人。不错，我对这一点确信无疑，艾莲娜·马歇尔要去见的人就是帕特里克·雷德芬。可是一分钟之后，帕特里克·雷德芬却出现在海滩上，而且很明显地在找她。那是怎么回事呢？”

帕特里克·雷德芬强忍住怒气说：“某个浑蛋冒用了我的名字。”

波洛说："你当时明显地表露出不快，为她一直没出现而不解。也许，你实在表露得太明显了。我认为，雷德芬先生，她到精灵湾是去和你约会，她也的确见到了你，而你按照蓄谋已久的计划杀死了她。"

帕特里克·雷德芬睁大眼睛，用他那充满高度幽默感的爱尔兰腔调说："你脑子有毛病吗？我起先一直和你在海滩上，然后我和布鲁斯特小姐一起划船过去，发现了她的尸体。"

赫尔克里·波洛说："你是在布鲁斯特小姐划船回来报警之后把她杀死的。你到海滩上的时候，艾莲娜·马歇尔还没死，她正躲在妖精洞里，要等外面风平浪静之后再出来。"

"可是那具尸体！布鲁斯特小姐和我都看到了尸体。"

"是一个人的身体——不错，但不是尸体。是那个帮助你的女人活生生的身体，两腿和两臂涂成黑黝黝的日晒色，脸藏在绿色的硬纸帽子下面。克莉丝汀，你的妻子——也许不是你妻子——但肯定是你的同谋，帮你完成了这起罪案，正如过去她帮你完成过另一次谋杀。当时就是她'发现'了艾莉丝·科里根的尸体，至少在她死前二十分钟。而杀艾莉丝·科里根的凶手是她的丈夫爱德华·科里根——也就是你！"

克莉丝汀开口说话，语气严峻冰冷。她说："小心点儿，帕特里克，别发火。"

波洛说："你应该有兴趣知道你和你的太太克莉丝汀是怎么被萨里郡的警方认出来的。他们从我们这里住客的一张合照里，很容易就辨认出你们两个是爱德华·科里根和克莉丝汀·戴维里尔，也就是当时发现尸体的女老师。"

帕特里克·雷德芬已经站起来，那张英俊的脸扭曲不堪，涨得通红，完全被怒火蒙住了眼睛。那是一张杀手的脸——像一头猛虎。他大声叫道："你这该死的多管闲事的混账！"

他整个人扑了过来，十指拳曲，一面咒骂，一面用手指扼住赫尔克里·波洛的脖子……

第十三章

波洛沉吟道："那天早上我们坐在这里聊天的时候，谈到那些被太阳晒黑的身子躺在下面的海滩上，就好像是砧板上的肉。那时我就提到这些身体之间没有多少差别。仔细观察的话当然还是有区别的——可如果只是匆匆一瞥呢？每个身材姣好的年轻女子彼此都很相像，两条棕色的腿，两条棕色的手臂，中间是一件小小的泳装——不过是躺在阳光下的一个人体而已。一个女人如果在走路、说话、发笑、转头、抬手——那时候，不错，到那时候，就看得出来她的个性——各有自己的独特之处。可是在晒日光浴的时候，个性都没有了。

"那天我们也谈到邪恶——兰恩牧师说过，阳光下的罪恶。兰恩先生是个很敏感的人——邪恶对他很有影响，他能察觉邪恶的存在。可是他虽然是架很好的录音机，能重复许多《圣经》上的话，却并不能真正了解邪恶在什么地方。对他来说，邪恶就集中在艾莲娜·马歇尔身上。实际上几乎每个人都同意他的看法。

“然而在我看来，尽管我也认为有邪恶存在于世，但它并不集中在艾莲娜·马歇尔身上。当然她也逃不了干系，肯定与她有关——只不过完全是另外一码事。我认为，从始至终，她其实一直都是，而且注定就是一个牺牲品。因为她长得漂亮，因为她富有魅力，因为男人的目光都会追随她，大家就推断她是那种会扰乱生活、腐蚀灵魂的女人。可是我对她的看法截然相反。不是她总要吸引男人——而是总有男人在打她的主意。她是那种男人很容易就看上，也很容易就厌倦的女人。我听说过的有关她的事，和我自己调查她得到的结果，都进一步证实了我的这种看法。我听说的第一件事，就是那个因为牵涉她而闹出离婚案的男人拒绝娶她为妻。正是在那件事之后，马歇尔先生，这位有着侠义精神和骑士风度的人，挺身而出向她求婚。对于马歇尔这样腼腆内向类型的人来说，无论出于什么原因，遭到当众羞辱都是件生不如死的事——所以他才会对第一任妻子产生了爱情和怜悯，因为她为了不曾犯过的谋杀罪而遭到控诉与审判。他娶了她，发现自己对她的判断完全正确，她确实是个好人。在她去世之后，另一个美丽的女子，也许还是同一类型的人——因为琳达有一头红头发，可以推测出是由她母亲那里遗传来的——也遭到了公开羞辱。马歇尔再次出面拯救她于水火之中，但这一次他却看走了眼。艾莲娜完全不是他想的那种人。她很愚蠢，不值得他去同情和保护，他此事做得太盲目了。不过话虽如此，我想他对她还是有清醒认识的。在对她的爱意消失之后，虽然看见她就厌烦，却也为她感到难过。在他看来，她就像个长不大的孩子，只能停留在生命的某个幼稚阶段。

“我看到艾莲娜·马歇尔对男人的热情，便知道她正是某一类男人心目中最好的猎物。再看看帕特里克·雷德芬，他英俊的外表，轻松而充满自信的神情，那种容易打动女人的诱惑力，让我立刻识别出他就是那一类男人，那种会利用各种机会从女人身上讨生活、吃软饭的男人。我坐在海滩上冷眼旁观，显而易见，艾莲娜是帕特里克的猎物，而不是相反的情况。所以我认为邪恶其实集中在帕特里克·雷德芬身上，而不是艾莲娜·马歇尔。

“艾莲娜最近刚得到一大笔钱，是一个对她爱慕有加，还没来得及感到厌倦的老人遗赠给她的。她是那种留不住钱财的女人，不被这个男人骗掉，也会被那个男人骗掉。布鲁斯特小姐提到过一个年轻人被艾莲娜‘毁了’，可是在艾莲娜房间里有他的一封来信，信中表示他要将她打扮得珠光宝气——这种空口白话不值一文——实际上却只是为了说明自己收到了她寄去的一张支票。他希望这张支票可以让他不致因亏空公款而被起诉，这正是年轻无赖向她诈财的好例子。我毫不怀疑帕特里克·雷德芬一定发现她很容易得手，而且可以哄着她不时给他一大笔钱‘去投资’。他可能会讲一些机不可失，时不再来的故事来欺骗她——说他能够让她发大财，当然他自己也会与她有福共享。缺乏保护的女人，独自生活的女人，都是这一类男人最容易下手的猎物——通常他能轻而易举地得逞，没什么后顾之忧。不过，如果那女人有丈夫，或是有兄弟、父亲在，那就可能发生不测之事。一旦马歇尔先生发现妻子的钱财在莫名其妙地蒸发，帕特里克·雷德芬就没几天好过了。但是，他并不担心，因为他早已打算在必要的时候下手干掉她——他之所以这么大胆，是因为已经干过一次同样的勾当，而没有被人发现——那是一个他以科里根的名字娶来的年轻女子，听了他的话，投下了巨额的人寿保险。

“他干这些事的时候，有个年轻女人帮他出谋划策，现在她在这里以他妻子的身份出现，他也确实很依恋她。

“这个年轻女人和他的猎物是截然相反的两种人——她冷静，镇定，不热情，不冲动，但对他忠贞不二，还是个演技无与伦比的演员。克莉丝汀·雷德芬从到达之日起，就开始进入角色，扮演一个‘可怜的小妻子’——脆弱、无助、脑力胜于体力。想想她一而再再而三表现出的那些特点——她怕晒，她肤色白皙，她恐高——曾困在米兰大教堂外的高阶梯上下不来等，处处都在强调自己的纤弱。几乎每个人提起她来，都说她是个‘小女人’。其实她和艾莲娜·马歇尔一样高，只不过手和脚很小。她说自己以前是学校里的老师，借此强化她给别人留下的印象，认为她属于书呆子，而不是运动型女子。

“事实上，她的确在学校当过老师，但职务却是教体育。而且她是个精力非常充沛的年轻女子，爬起山来像只猫，跑起来也像个运动员。

“这件罪案本身策划周密，时间也计算得极其精确。正像我以前说过的那样，这是一件技巧‘娴熟’的罪案。时间安排简直出自天才之手。首先，有几场热身戏——一场的演出地点是阳光崖，他们碰巧知道我在附近的听力可及之处，便进行了一场典型的妒火中烧的妻子和丈夫之间的对话。后来，她和我单独在一起的时候，再次演出了同样的戏份。记得我那时候产生过一种感觉，隐约觉得这套把戏在什么书里看过，雾里看花似的不真实。当然啦，那是因为它本来就不真实。然后就到了罪案发生的那天。

“那天的天气很好——这倒无关紧要。雷德芬的第一步是很早就溜出去——从里面打开阳台门锁，如果有人发现门开了，也会以为是有人出去早泳了。他在浴巾里藏了一顶绿色的中国式帽子，做得跟艾莲娜习惯戴的那顶一模一样。他穿过小岛，在岛的那边下了直梯，把帽子藏在事先约好之处，大概是几块岩石的后面，这是行动的第一部分。

“头天晚上，他已经和艾莲娜定下了约会。他们平时对约会的事总是倍加小心，因为艾莲娜对丈夫还是略存惧意的。她同意一早就去精灵湾。没人会在早上去那边，雷德芬说好去那里和她碰头，答应找机会趁人不注意的时候溜过去。如果她听见有人从直梯上下来，或是海面上出现船只的话，她就要赶快躲到妖精洞里去。他早跟她说过那个地方的秘密，要她在里面等到外面清静无声之后再出来。这是行动的第二部分。

“同时，克莉丝汀在她估计琳达应该去早泳时来到琳达的房间里，去改动琳达手表的时间，拨快二十分钟。这样做有点冒险，琳达可能会发现她的表不对。可是就算她发现了也没关系，克莉丝汀真正的不在场证明还是她的手太小，根本就不具备作案的体力。不过多一件不在场证明总是好的。她在琳达的房间里发现了那本谈巫术和魔法的书，打开在某一页上。她浏览了这一页的内容。当琳达回到房间里，把刚买来的蜡烛撒落到地上时，她就洞悉了琳达的心事，这给了她新的启发。原本这对犯罪搭档的计划是把主要嫌疑引到肯尼斯·马歇尔身上，所以特地偷走他一个烟斗打碎，把部分碎片放在精灵湾直梯的脚下。

“琳达回来后，克莉丝汀很轻松地和她约好一起去鸥湾。然后她回到自己房间，从锁着的箱子里取出一瓶棕色防晒油，仔细地涂在身上，再把空瓶由窗口丢了出去。凑巧的是，那瓶子差一点打中正在下面海水里早泳的艾米丽·布鲁斯特。第三部分顺利地准备完毕。

“克莉丝汀穿上白色泳装，又在外面罩上一套宽大的海滩裤装，松松垮垮的衣袖和裤脚遮盖着她刚涂成棕色的手臂和双腿。十点十五分，艾莲娜离开海滩去赴约会。一两分钟之后，帕特里克·雷德芬到了海滩，做出莫名其妙、心烦意乱等表情。克莉丝汀的任务就简单多了，她藏好自己的表，却在十一点二十五分的时候问琳达几点钟了。琳达看了看表，回答说是十一点四十五分，然后就下海游泳去了。克莉丝汀则开始收拾画具，琳达刚一转身，她就把那个女孩子下水前一定会摘下的表拿起来，拨回正确的时间。之后，她飞快地沿着小径爬到崖上，飞跑过山脊，到了那边的直梯顶上。她脱掉衣服，和画具一起藏在岩石后面，矫健地沿梯而下，发挥出自己运动方面的特长。

“艾莲娜正在下面的海滩上纳闷，奇怪帕特里克怎么这么久还没有来。她看见或是听到有人从直梯上下来。她留心看了看，发现这个不速之客是她最不想看见的人——情人的太太！所以她赶紧跑过海滩，躲进了妖精洞。

“克莉丝汀从隐藏之处取出绿帽，帽子后缘还特地缝了一圈红色假发。她四肢摊开躺在沙滩上，摆出晒日光浴的姿势，用帽子和假发遮住脸部和脖颈。时间计算得恰到好处，一两分钟后，载着帕特里克和艾米丽·布鲁斯特的小船就由岬角那边绕了过来。请注意，是帕特里克俯身下去检查‘尸体’的。帕特里克呆住了——震惊了——因为他所爱的女人死去而崩溃了！他特意选择布鲁斯特小姐做自己的证人。布鲁斯特小姐当时已经被吓着了。她有恐高症，所以不会攀上直梯走陆路去报警，一定会再乘船离开海湾，那么顺理成章地由帕特里克留下来看守尸体——特别是在‘那个凶手可能还没走远’的情况下。布鲁斯特小姐划着船去找警察，船刚一转过岬角，克莉丝汀就蹦了起来，用帕特里克带来的剪刀将纸帽剪碎，塞进泳衣，又以双倍敏捷的动作爬上直梯，穿上那套宽大的海滩装，跑回旅馆。她刚好还有时间快速洗个澡，把身上伪装用的棕色防晒油冲掉，换上网球装。此外，她还做了一件事，就是把那顶绿色纸帽子的碎片及假发放进琳达房间的壁炉里去烧掉，加进一页日历，好让人以为绿纸片是日历的一部分，烧掉的不是帽子，而是日历。她估摸着琳达大概已经在做魔法试验——这从壁炉里残存的蜡烛熔块和针上可以看出来。

“随后，她赶到网球场，虽然是最后一个到的，却一点也不显得仓促。

“与此同时，帕特里克向妖精洞走去。艾莲娜对外面发生的事一无所知，什么也看不见，听见的也不多——有船来了，有人声——她一直乖乖地躲在洞里。可是现在是帕特里克在叫她：‘没事了，亲爱的。’她走出洞来，而他用两手掐住了她的脖子——这个可怜又愚蠢的美人艾莲娜·马歇尔就这样送了命……”

他语声渐歇，四周一片寂静。

过了一会儿，罗莎蒙德·达恩利哆嗦了一下说：“唉，你让我们明白了事情的经过，但这只是个故事，你还没告诉我们，你是怎么发现事情真相的呢？”

赫尔克里·波洛说：“我有一次和你说过，我看问题非常简单。从一开始，我就认为是最有可能犯罪的人杀了艾莲娜·马歇尔。谁是最有可能犯罪的人呢，那就是帕特里克·雷德芬。他正是那种类型的男人——善于利用她那样的女人，也能够杀人。这种人会谋夺女人的积蓄，还会割断她的喉咙。那天早晨艾莲娜是去和谁会面呢？从她的表情，她的笑容，她的态度，以及她和我说的话来看，都可以证明是帕特里克·雷德芬。所以，顺理成章，自然而然，杀她的人，非帕特里克·雷德芬莫属。

“可是，正如我之前说过的，我马上就碰到了不可逾越的障碍。帕特里克·雷德芬不可能杀她，因为在发现尸体前，他先是和我们一起在海滩上，然后又和布鲁斯特小姐一起在船上。所以我只好另辟蹊径去思考。还有好几种其他的可能性，比如她的丈夫——在达恩利小姐的帮助下——因为他们两人也在某件事上撒了谎，令人生疑。她还有可能因为无意中撞见走私犯而被灭口。还有可能被一个宗教狂所杀。另外也可能是她继女下的手。最后这一点曾经让我以为就是真相。琳达第一次接受警方盘查时的态度就表现得很可疑。后来我又和她谈过一次，让我进一步确信，琳达认为自己是有罪的。”

“你是说，她凭想象就认为自己真的杀了艾莲娜吗？”罗莎蒙德用不可思议的语气问道。

赫尔克里·波洛点点头。“是的，要知道，她几乎还只是个孩子。她读了那本巫术书，对书里的内容半信半疑。她讨厌艾莲娜，就试着用她的形象做了蜡人，念了咒，用针刺穿心脏，再将其烧熔——恰恰就在那天，艾莲娜死了。比琳达更年长、更有头脑的人中间，都不乏对魔法巫术深信不疑的，所以很自然，她相信了书上说的方法全是真的——她以为她的继母真的是自己用巫术杀死的。”

罗莎蒙德叫道：“啊，可怜的孩子，可怜的孩子。我还以为——我推测的跟这完全是两码事，我以为她知道一些可能会——”

罗莎蒙德不说了。波洛说：“我知道你想的是什么。实际上，你的态度让琳达更加害怕，让她相信自己干的事情真的导致了艾莲娜的死，而且已经被你知道了。克莉丝汀·雷德芬也在这方面推波助澜，火上浇油，让她知道在哪里能找到安眠药，怎么用就能没有痛苦、一劳永逸地赎罪。你们知道，一旦马歇尔先生证明他确有不在场证明之后，他们就一定得再找个新的嫌疑人。克莉丝汀和她丈夫对走私贩毒的事一无所知，所以他们决定让琳达来做替罪羔羊。”

罗莎蒙德说：“简直太可恶了！”

波洛点了点头。“不错，你说得很对，她就是个冷血而残忍的女人。对我来说，我感到非常困扰。琳达到底只是孩子气地想试试巫术，还是真的进一步发泄了她的恨意——真的付诸实施杀了人？我想让她对我坦白，可是没有达到目的。当时我确实无法断定什么才是真相。警察局局长倾向于接受是毒品贩干的的说法，可我不能就这么顺水推舟撒手不管。我把所有的事实重新仔细过滤了一遍。你知道，就像手头有一堆拼图游戏的碎片，毫不相关、貌似平淡的细枝末节，必须用这些事实碎片拼出一幅完美无缺的图形。这些碎片包括一把在海滩上找到的剪刀、一个从窗口丢下去的瓶子、有人洗过澡可是谁都不承认——这些小事本来无可非议，却偏偏谁都不承认，其中必有缘故，也就是说这些小事显然有些非同寻常之处。这些事与马歇尔先生，琳达，或是毒品贩的嫌疑都扯不上任何关系，但其中的意义是不容忽视的。于是我又回到起点——将帕特里克·雷德芬视为凶手。有没有支持这种说法的证据呢？有的。艾莲娜的账户里少了一大笔钱，是谁得到了这笔钱呢？当然是帕特里克·雷德芬。她是那种很容易被英俊男人欺骗的女人——却绝不是那种会受人勒索的女人。她太胸无城府，什么都表现在脸上，根本守不住秘密。那个说有人勒索她的故事，我从未相信是真的。但的确有人偷听到这番话——啊，是谁偷听到的呢？是帕特里克·雷德芬的妻子。那是她的独门故事——完全没有其他佐证。为什么要编造这样的故事呢？答案昭然若揭，要解释艾莲娜的钱到哪里去了！

“帕特里克与克莉丝汀·雷德芬，这两人同流合污作案。克莉丝汀既没有足够的体力掐死艾莲娜，也没有足够的胆量来下手，不是她，行凶的是帕特里克——这怎么可能呢！在发现尸体之前，他的每一分钟都有人在旁作证。尸体——我心里突然想到人体这两个字——躺在沙滩上的人体，样子没什么区别。帕特里克·雷德芬和艾米丽·布鲁斯特来到精灵湾，看到有个人躺在那里。一个人体——假设不是艾莲娜而是别人呢？脸部已经被那顶中国式的帽子给遮住了。

“可是事实上只有一具尸体，就是艾莲娜的，那么会不会是——一具活人的身体——有人躺在那里装死？会不会是艾莲娜本人，听从帕特里克的话在开玩笑？我摇摇头，不对，那太冒险了。一具活人的身体，谁的呢？会有谁来帮助雷德芬？对了，是他太太。可是她是个皮肤白皙弱不禁风的女人——啊，对了，可以涂上棕色防晒油。油是装在瓶子里的——瓶子，我的拼图碎片里就有一个瓶子。随后的一切就豁然开朗，呼之欲出了。事后当然要洗个澡——在她出去打网球之前，一定要把身上的棕色防晒油冲洗干净。而那把剪刀呢？嗯，是要把另外那顶同样的绿帽剪碎——那顶帽子是万万不能留下痕迹的。结果匆忙中丢失了那把剪刀，成为这对凶手的一个失误。

“在这段时间里，艾莲娜又在哪里呢？再说到这点就一目了然了。我从妖精洞里遗留的香水气味判断，使用这种牌子的两位女士，要么是罗莎蒙德·达恩利，要么是艾莲娜·马歇尔曾经到过妖精洞。既然绝无可能是罗莎蒙德·达恩利，那只能是艾莲娜了。她躲在里面等海滩上的人离开。

“艾米丽·布鲁斯特划船离开之后，海滩上只剩下了帕特里克一个人，正是他实施犯罪计划的大好时机。艾莲娜·马歇尔是在十一点四十五分之后被杀的，可是法医检验时只考虑了罪案可能发生的最早时间。艾莲娜在十一点四十五分时已经死了——这句话是他们告诉法医的，并不是法医告诉警方的。

“另外还有两个问题必须有合理说法。琳达·马歇尔的证词给克莉丝汀·雷德芬提供了时间上的不在场证明。不过那个时间是基于琳达·马歇尔的手表，因此需要证明克莉丝汀先后有过两次机会来对手表动手脚。我发现要证明这一点轻而易举。那天早上她曾经独自到过琳达的房间——另外还有个间接证明。有人听到琳达说她‘这下恐怕迟到了’，可是等她赶到楼下时，大厅里的钟才十点二十五分。第二个机会更方便——只要琳达一下水游泳，她就可以把表针拨回来了。

“还有那道直梯的问题。克莉丝汀一直说她有恐高症，不敢站在高处，这又是一个早已精心准备的谎话。

“我的拼图接近尾声——每一片都完美到位，天衣无缝。但不幸得很，我并没有确切的证据，这些全是我用脑子推理出来的。就在此时，我想出了一个好主意。罪犯技巧娴熟，得心应手，显示出他是多么胸有成竹。我深信帕特里克·雷德芬将来还会重复犯罪。那么他过去的情况如何呢？很可能这不是他第一次行凶。他用的方式是掐死对方，这很吻合他的天性——除了有利可图之外，他还能从杀人中获得快感。如果他曾经杀过人的话，相信他一定也用的是同样的方式。我请科尔盖特警督提供女子被掐案的案例，其结果使我非常高兴。妮莉·帕森斯被掐死在杂树林里的事，也许是帕特里克·雷德芬干的，也许不是——可能只有在考虑到地区因素时还起点作用。但艾莉丝·科里根一案却让我如获至宝，这正是我要找的那种案例。也就是说，它用了同样的方法——在时间上玩花样。谋杀案发生的时间并不像通常那样在被人发现之前，而是在那之后。尸体据说是在四点一刻发现的，而死者丈夫一直到四点二十五分都有不在场证明。

“到底是怎么回事呢？证人说爱德华·科里根到了松岩茶屋，发现妻子还没到，就在外面踱来踱去等她。其实，他却是一路飞奔到凯撒林——你们当然记得，那里离得并不太远——将她杀了，再回到茶屋来。发现尸体去报案的女子是位受人尊敬的小姐，在一家著名的女子学校里当体育教员，显然和爱德华·科里根毫无关联。她要走很远的路去找警察。警方的法医到五点四十五分的时候才开始验尸。所以就像本案一样，警方毫无异议地接受了报案者所称的死亡时间，而没有另加追究。

“最后，我还做了一项试验。我必须很确定雷德芬太太是不是个说谎者，所以安排大家到达特穆尔去野餐。有恐高症的人不会行若无事地走过河水上那道狭窄的独木桥。布鲁斯特小姐就是这样的人，她果然头晕目眩，差点出事。可是克莉丝汀·雷德芬却毫不在乎地跑过桥去，一点也没有不适。这是件小事，却是个很好的试验。如果她连这种无关紧要的事都会说谎——那别的话也可能都是谎言。与此同时，科尔盖特警督已经把照片送给萨里郡警方指认过，这是我唯一可以使出的撒手锏，肯定有用。我先哄得帕特里克·雷德芬以为自己可以高枕无忧了，然后突然回马一枪，全力对他发起猛烈攻击，终于使他失去了自制力。听到科尔盖特已经指认出他从前身份的事，终于让他完全昏了头。”

赫尔克里·波洛摸着自己的喉咙。“我所做的那件事，”他一本正经地说：“非常非常危险——但我并不后悔。我成功了！我没有白受苦。”

大家沉默了一阵，然后加德纳太太深深叹了口气。

“哎呀，波洛先生，”她说，“这实在是太了不起了。听你描述到底是怎么探查出真相的，就像听犯罪学的演讲一样动人——说老实话，这就是一篇犯罪学的演讲。想想看，我的那束毛线和在海水浴场上谈到日光浴的那段话，居然也能在你的分析中起点作用，真叫我兴奋得无法用言语形容，我相信加德纳先生也有同样的感觉，是不是，奥德尔？”

“是的，亲爱的。”加德纳先生说。

赫尔克里·波洛说：“加德纳先生也帮了我很大的忙。我希望知道一个明智的男人对马歇尔太太有什么看法，就问了加德纳先生的意见。”

“真的啊？”加德纳太太说，“你是怎么说的呢？奥德尔？”

加德纳先生咳嗽一声，说：“呃，亲爱的，你知道，我根本就没怎么想过她。”

“男人对他们的太太总是这样说。”加德纳太太说，“要是问我的意见——在我看来，波洛先生对她可以说是相当宽容，说她天生是个牺牲品什么的。当然啦，说得也对，她本来就是个没文化的女人。正好马歇尔先生现在不在这里，我可以告诉你，我一直觉得她是个令人心烦的傻女人。我以前也这样跟加德纳先生说过，是不是？奥德尔？”

“是的，亲爱的。”加德纳先生说。

琳达·马歇尔和赫尔克里·波洛一起坐在鸥湾。她说：“我当然很庆幸自己没有死，但你知道，波洛先生，这跟我杀了她也没有什么区别，对不对？说真的，我原本是想杀她。”

赫尔克里·波洛加重语气说："这完全不是一回事。想杀人和实际杀人是完全不同的两件事。如果说，在你卧室里，你面对的不是那个蜡人，而是你的继母被绑在那里；你手里拿的是一把刀，而不是一根针，你肯定不会刺进她心脏里去。你心里会有个声音对你说'不'。我也是一样。我跟某个人生气，说：'我真想踢他一脚。'可是我并没有踢他，而是踢了桌子一脚。我说：'这桌子就是某人，我要使劲踢他。'这样，要是我没太踢痛脚趾头的话，我就会觉得心情舒畅一些，而那张桌子通常也不会给踢坏。可要是那个家伙本人在那里的话，我是不会踢他的。

"弄个蜡人来，拿针去刺它，是很傻，是很孩子气——可是这种做法也有好处。你把心里的恨意都发泄在小蜡人身上了。用针和火毁坏的不是你的继母，而是你对她的恨意。事后，即使你还不知道她的死讯，是不是已经觉得自己神清气爽，舒服多了，轻松多了，也快乐多了呢？"

琳达点点头，她说："你怎么知道的？那正是我的感觉。"

波洛说："那就别再做这么幼稚的事了，要调整好自己的心态，不要再恨你的下一个继母。"

琳达吃惊地说："你认为我会再有一个继母吗？哦，我明白了，你是说罗莎蒙德。对她我是不介意的。"她迟疑了一下，"她很通情达理。"

波洛可不会用通情达理来形容罗莎蒙德·达恩利，不过他明白，这在琳达看来已经算是盛赞了。

肯尼斯·马歇尔说："罗莎蒙德，你有没有异想天开地认为是我杀了艾莲娜？"

罗莎蒙德满脸羞愧，她说："我想我是个该死的傻瓜。"

"一点都不错。"

"唉，可是，肯，你就像个合紧了的蛤蜊一样密不透风。我从来就不明白你对艾莲娜到底是什么感觉，搞不清楚你是能大包大揽地接受她的本来面目，或者只是极力维持体面，或是你——呃，只是盲目信任她。我想如果真是后者，一旦发现她的本来面目，你很可能大为失望并气得发疯。我听说过你的一些事，你总是很沉稳，但发作起来也令人不寒而栗。"

"所以你认为我会用两手掐住她的喉咙，活生生把她给掐死？"

"呃——是的，我正是那样想的。而你的不在场证明又好像不那么有说服力，于是我才突然决定插一手，编出那么傻的故事来，说看到你在房间里打字。后来我听说你说你也看到我探头进去的时候——哎呀，我就认准了是你所为了。此外，琳达的古怪行为也加强了这种看法。"

肯尼斯·马歇尔叹口气说："你难道不知道，我之所以说我在镜子里看到了你，是为了支持你的故事？我——我还以为你需要别人为你作证呢。"

罗莎蒙德瞪着他。"你的意思不会是说，你以为是我杀了你太太吧？"

肯尼斯·马歇尔有点不安地挪了一下身子，含糊地说："哎呀，罗莎蒙德，难道你不记得你曾经为了一只狗差点杀了那男孩子的事吗？你不依不饶地抓着他的脖子不肯放。"

"可是那是好多年前的事了。"

"是的，我知道——"

罗莎蒙德单刀直入地问："你认为我是出于什么不得了的动机，一定要杀掉艾莲娜？"

他避开她的目光，又含糊地说了句什么。罗莎蒙德叫道："肯，你这个自大狂！你以为我是替你杀了她吗？或者——以为我杀她，是因为我想得到你？"

"根本不是这么回事，"肯尼斯·马歇尔气愤地说，"你知道你那天说过什么——你谈到琳达，还有其他一些事——而且，而且你好像很关心我的事。"

罗莎蒙德说："我一向关心你。"

"我相信。你知道的，罗莎蒙德，我通常不大跟别人说什么，我不善言辞，可是我想把这件事和你说清楚。我并不在乎艾莲娜，只是一开始时对她有点关心。后来和她日复一日地共同生活，我精神上受到了莫大煎熬，事实上，简直生不如死。可是我特别为她难过，她实在是个傻瓜，对男人极为热衷，自己也无可奈何。那些男人总是把她拖下水，然后对她很坏。我只是觉得我不能做那个最后把她推入深渊的人。我既然已经娶了她，就一定要尽我所能好好照顾她。我想她心里对此一清二楚，真的对我满怀感激。她是个——实在是个很可怜的人。”

罗莎蒙德温柔地说道：“好了，肯，我现在明白了。”

肯尼斯·马歇尔不看她，只是很仔细地装好烟斗，含含糊糊地说：“你，你很善解人意，罗莎蒙德。”

罗莎蒙德嘴角浮出一丝嘲讽的笑容。她说：“你是现在就要向我求婚呢，肯，还是决心再等六个月？”

肯尼斯·马歇尔嘴里的烟斗掉了下去，摔碎在下面的岩石上。他说：“见鬼，这已经是我在这里掉的第二支烟斗了，已经没有备用的了。你怎么知道我认为该等六个月？”

“我想是因为这段时间长短正合适。不过，拜托，我希望现在就能把事情说清楚。因为在这一段等待的时间里，说不定你又会听说哪个女人境遇堪怜，又要发挥你的豪侠骑士风度，挺身救美了。”

他大声笑道：“这次境遇堪怜的会是你，罗莎蒙德。你要放弃你那个服饰生意，和我一起住到乡下去。”

“难道你不知道我的生意是多么赚钱吗？难道你不知

道那是我的事业——是我创造了它，经营了它，是我的得意杰作，我为此自豪！你好大的胆子，居然来跟我说‘放弃了吧，亲爱的’。”

“我正是有这么大的胆子来说这句话，就是有。”

“而你认为我会爱你到这样的程度？”

“如果你不这样做的话，”肯尼斯·马歇尔说，“那我就不要你了。”

罗莎蒙德轻柔地说：“啊，亲爱的，我一直好想和你一辈子住在乡下，现在——我的梦想就要实现了……”

图书在版编目（CIP）数据

阳光下的罪恶：精装纪念新版 /（英）阿加莎·克里斯蒂著；于婉青译. -- 4 版. -- 北京：新星出版社，2025. 6. -- ISBN 978-7-5133-6067-8

Ⅰ. I561.45

中国国家版本馆 CIP 数据核字第 2025C6H432 号

午夜文库
谢刚 主持

阳光下的罪恶（精装纪念新版）

［英］阿加莎·克里斯蒂 著；于婉青 译

责任编辑	曹晓雅	**统筹编辑**	王 欢
责任印制	李珊珊	**责任校对**	刘 义
封面插图	宣 和	**装帧设计**	周伟伟

出 版 人 马汝军
出版发行 新星出版社
（北京市西城区车公庄大街丙 3 号楼 8001 100044）
网　　址 www.newstarpress.com
法律顾问 北京市岳成律师事务所
印　　刷 北京天恒嘉业印刷有限公司
开　　本 889mm × 1092mm 1/32
印　　张 8.75
字　　数 161 千字
版　　次 2025 年 6 月第 4 版 2025 年 6 月第 1 次印刷
书　　号 ISBN 978-7-5133-6067-8
定　　价 65.00 元

总机：010-88310888 传真：010-65270449 销售中心：010-88310811